Sven Sommer

AF198749

9

Memos eines Unbekannten

Novelle

homeodoc

Zu diesem Buch

In *9 – Memos eines Unbekannten* berichtet ein altes Wesen von seinem Werdegang in einer Welt, die uns irgendwie vertraut und doch furchtbar fremd erscheint. Es fühlt, dass seine Tage gezählt sind, es langsam Zeit wird zu „gehen", und blickt nicht nur zurück auf die guten und die schlechten Momente in seinem Leben, sondern auch voraus, was die Zukunft so bringen möge, wie das Ende der eigenen Existenz und ein nächstes Leben aussehen könnten.

Dergestalt erfahren wir von seinem geheimnisvollen Dasein, von den Erdbeben in seiner Jugend, von göttlichen Sphärentönen, vom dortigen Altwerden mit Haarausfall, Steifheit und Gliederschmerzen. Es erzählt von Ängsten und Sorgen, von der innigen Verbundenheit mit seiner Erde, vom Alleinsein und von seinen Theorien über die Ausdehnung des Universums, den Urknall, die Welt der *Übis*, über Schönheit und Mittelmäßigkeit, den Tod und ein mögliches Leben danach.

Als zum Schluss dann die Erde aufreißt und der Damm bricht, als das Ende seiner bisherigen Existenz ansteht, und es glaubt, gleich zu sterben, da sieht es am Ende des Tunnels ein Licht.

SVEN SOMMER hat in Heidelberg Chemie studiert, bevor er auf die Naturheilkunde umstieg. Studienreisen nach China und Indien vertieften sein Wissen. Seine große Liebe gilt dabei der Homöopathie. Über ein Dutzend Ratgeber, ein Essay sowie der Roman *Nelly – Liebe eines Schwindsüchtigen* sind von ihm veröffentlicht. Seine Bücher sind in über 20 Ländern erschienen und wurden knapp 2 Millionen Mal verkauft. Der Autor lebt mit Tochter und Lebensgefährtin in Spanien. Mehr über ihn finden Sie auf seiner Webseite: www.svensommer.com

Das Leben ist wie eine Gefangenschaft. In diesem Zustand befangen, können wir einfach nicht begreifen, was für ein Gefängnis unser Körper ist. Der Tod ist eine große Befreiung – gleichsam ein Ausbruch aus dem Kerker.

Raymond A. Moody *Leben nach dem Tod*

FSC
www.fsc.org
MIX
Papier aus ver-
antwortungsvollen
Quellen
Paper from
responsible sources
FSC® C105338

für Teah

Bibliografische Information der Deutschen Nationalbibliothek: Die Deutsche
Nationalbibliothek verzeichnet diese Publikation in der Deutschen
Nationalbibliografie; detaillierte bibliografische Daten sind im Internet
über dnb.dnb.de abrufbar.

© 2017 Sven Sommer

Alle Rechte vorbehalten. Nachdruck, auch auszugsweise, sowie Verbreitung
durch Film, Funk, Fernsehen und Internet, durch fotomechanische
Wiedergabe, Tonträger und Datenverarbeitungssystemen jeder Art nur mit
schriftlicher Genehmigung des Autors.

Homeodoc
Créateur de livres
Apartado de Correos 94
E 07812 San Lorenzo
Ibiza, Spanien

info@homeodoc.de
www.homeodoc.de

Cover: Mathieu Iking

Beauftragt für Druck und Vertrieb:
Herstellung und Verlag
BoD – Books on Demand, Norderstedt
ISBN: 978-3-7448-6442-8
2.Auflage

Vorwort des Übersetzers

Auf „*9 – Memos eines Unbekannten*" war ich eines Nachmittags durch puren Zufall gestoßen, gerade dabei, in eine ganz neue Phase meines Lebens vorzudringen und mich auf diesen Anlass ausgiebig vorzubereiten.

Wie man das heute üblicherweise macht, hatte ich in Büchereien, in Buchläden und besonders im Internet recherchiert, hatte mich durch einen Berg von Papier gewühlt, einen wahren Wald von Informationen durchforstet und war zu guter Letzt in einen Abgrund von Wissen gestürzt. Als ich mich endlich aus den Tiefen des Buchstabendschungels wieder zurück an die Oberfläche gekämpft hatte, fand ich zum ersten Mal seit Langem lichte Momente, konnte aufatmen, durchatmen, sah Licht.

Ich bin sicherlich nicht der Einzige, dem das so geht. Da hat man geackert und geschuftet, nicht körperlich, aber intellektuell, und wie ein trockener Schwamm Wissen in sich aufgesogen – anfangs zögerlich, dann immer gieriger, bis es nicht mehr ging, bis die Informationen einfach wieder von einem abtropften. So saß ich schwer, erschöpft und vollgesogen in der Bibliothek des Schwiegervaters, die Ausgangs- und Endpunkt dieser theoretischen Einweisung gewesen war und sah durch das weit offenstehende Fenster hinaus in den kleinen Landschaftsgarten mit den Johannesbrotbäumen, Bougainvilleas, dem Hibiskus und Jasmin. Die Sonne ging unter, das Abendlicht brach sich an der Fensterscheibe und hüllte den Raum in goldenes Rot. Mein Blick begann zu schweifen. Er schwang vom Himmel, in dem vereinzelte Kumuluswölkchen träge dahinzogen und eine Schar von Waldtauben noch munter ihre Abendrunden drehte, zurück in das Zimmer mit den leicht blassblau gestrichenen Bücherregalen, in denen sich das gesammelte Wissen eines achtzigjährigen englischen Exzentrikers russisch-jüdischer Abstammung angehäuft hatte. Hier ließ sich von fragwürdigen Anleitungen zur Herstellung von organischem Kompost oder echt kolonialer Orangenmarmelade über Tolstois *Krieg und Frieden* bis hin zum *Tibetanischen Totenbuch* des indischen Mönchs Padmasambhava mehr oder weniger alles finden, was das Herz eines Sonderlings begehrt und seine Fantasie beflügelt. Dort nun blieb mein wandernder Blick plötzlich in einer leicht verstaubten Ecke hängen und hier fand ich dann die Memos. Die einzelnen Kapitel zersprengt, entdeckte ich hie und da, tiefer im Verborgenen, ein Fragment. Was mich neugierig machte, die verschiedenen Teile zusammenzusuchen, war mehr als nur die darin verwendete Sprache. Diese schien mir vertraut und doch furchtbar fremd. Den Schwiegervater, den nun endlich werdenden Vorfahr, konnte ich dazu leider nicht befragen, da er sich auf eine dreimonatige Kuba- und Mexikoreise davongemacht hatte. Der Inhalt der Memos schien allerdings so geheimnisvoll und vielversprechend, dass ich mir die Mühe gemacht habe, das, was ich dort an diesem Nachmittag in der Bibliothek fand, in verständlichere Worte zu fassen.

Nicht um die List des Übersetzers hervorzuheben, sondern um den Leser kurz mit den Problemen bei seiner Arbeit vertraut zu machen, möchte ich anhand von ein oder zwei Beispielen zeigen, wie komplex und schwierig die Bearbeitung des Originals sein konnte. Was beispielsweise im Folgenden mit „Memos" wiedergegeben wurde, hieß wortwörtlich: „Rückblick mit Vorblick". Wenn Sie das Wort „gehen" lesen werden, fand sich hierzu im Original „Fortbewegung eines mit den Beinen strampelnden Übis".

Zudem wurde mir vieles erst klar und verständlich, als ich die ganze Geschichte vor Augen hatte. Ich habe versucht dies beizubehalten, damit die verehrte Leserin und der verehrte Leser ebenfalls nicht um diese geheimnisvolle Komponente der Memos gebracht werden. Leider ist das darin verwendete Vokabular aufgrund der Umstände begrenzt und häufig war ich versucht, blumigere Begriffe zu wählen als die ursprünglich verwendeten. Dennoch habe ich mich bemüht, alles so getreu wie nur irgendwie möglich wiederzugeben und bitte um Verzeihung, wo immer das nicht gelungen scheint. Aber die Welt, die in den Memos beschrieben wird, ist mir, obwohl es nicht so sein sollte, eine faszinierende und dennoch in ihrem Innersten eine fremde geblieben.

Nachdem ich Freunden und Verwandten aufgeregt von meinem Fund berichtet hatte, gab es neben etlichen kritischen Stimmen, die die Authentizität und die geistige Mündigkeit des Urhebers anzweifelten, derart viele positive und neugierige Anfragen, dass ich mich schlussendlich doch gedrängt sah, eine vollständige Überarbeitung des Originals in Angriff zu nehmen. Wir wissen zwar heute schon einiges über die darin beschriebene Lebensform, meines Erachtens ist aber der autobiografische Werdegang, den ich dort in der hellblau gestrichenen Bibliothek am Rande des Mittelmeers entdeckte, bisher einmalig in seiner Art und ermöglicht es uns, das Ganze endlich einmal aus einem etwas anderen Blickwinkel zu betrachten.

Abschließend gestehe ich an dieser Stelle freimütig ein, dass ich mir erlaubt habe, den ursprünglich reichlich obskuren Titel des Originals, *„Rückblick mit Vorblick"*, mit einem mir etwas aussagekräftiger scheinenden *„9 – Memos eines Unbekannten"* zu ersetzen. Auch die Unterüberschriften in jedem einzelnen der neun Kapitel stammen aus meiner Feder.

Der Übersetzer, San Juan, Ibiza

Rückblick mit Vorblick

Der Anfang (vom Ende)

Meine Welt ist klein geworden. Es wird Zeit zu gehen. Ich spüre es. Es steckt tief in meinen Gliedern, dieses Gefühl, dass wir reif sind, die Zeit und ich. Ich gehe dem Ende zu, dem Ende meiner Existenz hier. Das scheint unausweichlich. Es gibt nichts, was ich dagegen tun könnte und der letzte Tag kommt unerbittlich näher. Niemand scheint ihm je entkommen zu sein.

„Gehen" ist in diesem Fall natürlich nicht sprichwörtlich gemeint, sondern ein bildhafter Begriff. Keiner geht, wenn die Zeit wirklich gekommen ist. Man hängt herum, man liegt oder so, aber mit Sicherheit gehst du nicht. Es ist ein Zustand des Reisens, den ich damit zum Ausdruck bringen will, bei dem man weggeht, sich wegbewegt von all dem, was einem vertraut ist, von all dem Liebgewordenen und man plötzlich mit dem Neuen und Unbekannten konfrontiert wird.

Sterben wird es auch genannt. Das Ende des Daseins hier.

Keiner weiß, was danach kommt, ob überhaupt etwas kommt und falls doch, wie es dann aussehen wird. Werde ich noch Ich sein? Werde ich mich an die Zeit hier erinnern können? Die schönen und die schlechten Tage? An die kleinen und großen Freuden, meine Ängste und Sorgen? Es gibt unzählige Fragen, massenhaft unbekannte Gleichungen. Das Ganze könnte ein nettes, kleines, theoretisches Problem sein, würde es mich nicht in höchsteigener Person treffen.

Habe ich Angst vor diesem Ende?

Na, das hat ja wohl ein jeder!

Meine Welt ist mir lieb geworden.

In ihr habe ich ein Leben verbracht, hier bin ich aufgewachsen, habe geschlafen und gelacht, mich gestreckt und gereckt und bin viel geschwommen.

Würde ich bleiben wollen, wenn ich könnte, wenn ich dürfte? Endlos leben im Hier? Ich weiß es nicht. Meine Instinkte senden gemischte Signale. Da ist natürlich dieser Überlebenstrieb, der sagt, nein, schreit oder besser noch aus vollem Halse plärrt: Ja, ja, natürlich willst du leben, hier leben, am Leben bleiben, natürlich soll alles so weitergehen, wie es war, wie es ist.

Dann gibt es allerdings noch ein unerklärliches Regen, ein Streben tief in mir, welches mir souffliert, ich soll es doch bleiben lassen, es gut sein lassen, möge mich nicht weiter wehren gegen das Unausweichliche, soll es jetzt zulassen, es geschehen lassen. Es sei schon richtig, es sei gut so!

Als ob es einen größeren Plan gäbe, den ich zwar nicht recht begreife, den ein Teil meines Körpers nicht versteht, von dem der andere aber eine Art von Ahnung zu haben scheint. Als wäre tief in mir etwas verschütt gegangen, das mehr über mich weiß als ich selbst. Ich komme nicht so recht an mein Geschick heran.

Diese Regungen in mir sind im Widerstreit, sie bekämpfen sich und sie bewirken Verwirrung und inneren Konflikt.

Nur, was kann ich dagegen tun?

Und obwohl ich jetzt schon ein recht alter Sack bin, aus biologischer Sicht eigentlich mehr als das, ja, fast überfällig, bin ich doch nur ein kleiner Wicht, der nicht viel weiß. Aber wer kann schon wirklich sagen, was außerhalb seiner Welt, außerhalb seines Universums, so alles passiert?

Ich sicherlich nicht!

Und natürlich hat sich vieles in meinem Leben verändert.

Ich und die Welt um mich herum, wir sind nicht mehr das, was wir einmal waren. Ehrlich gesagt bin ich mir manchmal gar nicht sicher, ob ich noch hier bleiben will. Eine Menge ist anders geworden seit der Zeit der Jugend, den Tagen meiner frühen Existenz.

In einem reifen Alter wie dem meinen, in dem der Blick in die Zukunft mit so vielen existenziellen Fragezeichen versehen ist, ja, die Vorausschau vom anstehenden Ende überschattet wird, ist es wahrscheinlich normal, wenn du als alter Knacker anfängst, gerne an das Vergangene zurückzudenken.

Als ich noch klein war, gab ich keinen Deut auf das Geschehene. Da habe ich nur vorausgeschaut, habe mich danach gesehnt, groß und stark, ja, immer größer und immer noch stärker zu werden. Das Vergangene war mir damals vollkommen egal gewesen.

In der Zwischenzeit bin ich uralt geworden und riesig. Fast eine Spur zu groß, zu fett. Du wirst das später schon noch sehen. Und plötzlich ist sie mir auf einmal wichtig, meine Vergangenheit, meine Geschichte.

Eigentlich glaube ich nicht, irgendein anderer meiner Art – sollte es diesen überhaupt geben – misst meinem Dasein eine Bedeutung bei. Ich mag ja vielleicht einzigartig sein, aber ehrlich gesagt, wen interessiert das schon?

Warum dann dieses unsinnige Tun, dieses Schwelgen im Geschehenen? Ich weiß es auch nicht so recht. Insgeheim hoffe ich wahrscheinlich immer noch, mich in einer zukünftigen Existenz an mein altes Ego erinnern zu können; damit das alles hier nicht völlig nutz- oder sinnlos gewesen ist. Da wäre es dann sicherlich nicht schlecht, sich schon einmal ein paar Gedanken darüber gemacht zu haben, wie es hier so war.

Denn bist du erst mal so vergesslich wie ich es heutzutage bin, musst du gehörig aufpassen, das sag ich dir. Und wenn das jetzt schon so ist, wie wird das erst später dann im „Himmel" sein?

Selbstverständlich habe ich eine Ahnung, eine Idee, eine Hoffnung, eine Art Vorstellung, wie das dann so sein wird, das Leben danach. Mal vorausgesetzt, es gibt eines.

Nun, das Paradies oder wie immer du es auch nennen magst, ähnelt in meiner Fantasie meiner Welt hier. Das glaube ich einfach und kann auch gar nicht anders. Kann ich doch nur von dem schließen, was ich kenne. Das Paradies wird also rund sein. Aber halt viel schöner und größer als das alles hier. Unvorstellbar größer. Riesig! Und bunt dürfte der Ort der Seeligen sein, mit vielen gemischten Farben. Sicherlich wird es dort sogar Farb-„Töne" geben, die ich mir bislang gar nicht vorstellen kann.

Ich werde natürlich Ich bleiben. Das hoffe ich doch. Inständig sogar. Mein Schöpfer wird mir ähneln, nein, das wäre doch ein wenig zu blasphemisch, ich also werde ihm gleichen, eine Art

Ebenbild sein. Dann werde ich ihm gegenübertreten und er wird mich in seine Arme schließen. Ich gebe zu, ich bin Optimist, und deshalb ist der *Übi* meiner Vorstellung ein guter, gütiger, ein liebender Gott.

Das nehme ich jedenfalls an.

Natürlich dürfte er sich darüber im Klaren sein, wie es auf Erden war, denn omnipotent, wie er meiner Meinung nach ist, weiß er so ziemlich alles. Dennoch könnte er mich eines Tages nach meiner Meinung fragen, wie es denn für mich, den Wicht, ganz persönlich so war, damals – hier – in meiner kleinen Welt. Und dann sollte ich doch über mein hiesiges Dasein etwas zu berichten haben.

Ja, ich gebe es unumwunden zu, ich glaube an eine extraterrestrische Macht, die mich geschaffen hat.

Warum? Nun, es gibt zu viele Erlebnisse in meinem Leben, die auf etwas außerhalb meiner Welt hindeuten. Etwas, das ich zwar nicht recht zu erklären vermag, das aber nichtsdestotrotz real da zu sein scheint.

So meine ich beispielsweise gehört zu haben, dass die *Übis* reden. Und hin und wieder scheinen sie sogar mit mir zu sprechen. Oder es zumindest zu versuchen. Denn verstehen kann ich sie nicht.

Es existieren also Zeichen. Hinter meinem Universum, hinter meiner kleinen Welt scheint ganz offensichtlich ein verborgener weiterer Kosmos versteckt zu liegen. Vielleicht öffnet sich ja am Ende ein Durchgang, ein Art Tunnel, und ich trete dann hinaus ans Licht.

Und wenn das geschieht, sollte ich mich zumindest an meine Vergangenheit, an mein hiesiges Dasein erinnern können. Denn diese Memos werden das Einzige sein, das ich, wenn überhaupt, von hier mitnehmen darf.

***

I.

Kindheit und Jugend

Die Zeit der Beben

1

So groß wie mein kleiner Zehennagel

Obwohl ich zeitweise über ein recht gutes Gedächtnis verfügt habe, kann ich dir kaum etwas über die ersten Tage meiner Existenz erzählen. Aber vermutlich geht das anderen ganz ähnlich. So sehr ich mir auch den Kopf zerbrochen habe, ich grübelte und die edel geschwungene Stirn dabei in Falten zog, ich entsinne mich nicht meines Ursprungs.

Eins ist jedoch klar: Ich war winzig. Vermutlich maß ich nicht mal die Hälfte meines heutigen Daumennagels. So groß eher wie mein kleiner Zehennagel und damit klitzeklein, wenn ich mir den beim Meditieren genauer betrachte.

Im Laufe meines Lebens bin ich deshalb ganz schön groß und dick geworden. Ein echter Fettsack möchte man fast sagen.

Doch ich lenke ab. Es ist nicht gerade einfach, sich auf etwas zu konzentrieren, worüber man nicht richtig Bescheid weiß. Die Sache ist ja schon ein Weilchen her.

Zudem konnte ich damals weder hören noch sehen, noch schmecken oder fühlen. Anfangs wusste ich nicht einmal, dass ich Ich war. Das alles kam etwas später und diese Erkenntnis traf mich wie ein Schlag.

Ich lenke erneut ab.

Das Einzige, was ich seinerzeit mit absoluter Sicherheit gemacht habe, war dies: Ich nahm zu. Zudem schlief ich viel. Ich wuchs also und döste vor mich hin, ich schlummerte und wurde währenddessen immer dicker. Derart lief das Leben zu Beginn wahrscheinlich ab. Eigentlich gar nicht so übel.

Bis heute halte ich übrigens gerne und sooft wie nur möglich ein Nickerchen; und zwar ausgiebig und lang. Denn ausreichend

Schlaf ist für die Gesundheit von überragender Bedeutung. Glaub mir, das ist eines der bedeutsameren Mottos in meinem Leben. Ach, eigentlich gibt es nichts Schöneres als...

Nur Knetmasse?

Ich weiche ja schon wieder vom Thema ab. Was ist denn nur los mit mir? Es muss das verflixte Alter sein. In letzter Zeit scheine ich öfter einmal verwirrt. Ich mache etwas und weiß im Nachhinein nicht mehr genau, warum. Ich sinniere und verliere unerwartet die Schnur. Oder ich befinde mich plötzlich in der einen „Ecke" meines kleinen Zuhauses und weiß weder, wie ich dort hingekommen bin, noch, was ich dort wollte.

Damit will ich eigentlich nur andeuten, dass mir früher solche Gedankenlosigkeiten nicht ohne weiteres passiert wären; wie beispielsweise den Faden zu verlieren. Mit der Ausnahme von ganz zu Beginn. Denn zu jener Zeit konnte ich noch überhaupt nicht richtig denken. Und selbst, als ich damit dann loslegte, war ich oftmals noch arg verwirrt.

Vieles am Ende des Lebens erinnert mich an die frühen Tage meines bescheidenen Daseins. Geht es dir auch so, mein Freund? Als ob Anfang und Ende gewisse Parallelen aufweisen; beispielsweise bin ich jetzt im hohen Alter wieder so hilflos und vergesslich geworden wie ich es zu Beginn schon einmal war. Es scheint ganz so, als wolle mir die Natur einen bösen Streich spielen. Kannst du mir das bitte mal erklären! Irgendwie ist das doch idiotisch. Worin liegt denn da der tiefere Sinn?

Mit dem Erreichen eines bestimmten Alters änderten sich die Dinge. War ich anfangs nur gewachsen und gediehen, passierte plötzlich nichts mehr. Meine schöne Weiterentwicklung stockte, stagnierte gar. Ich alterte zunehmend schneller und wurde von Tag zu Tag gebrechlicher. In letzter Zeit gibt es eigentlich kaum mehr einen, an dem mir nicht irgendetwas wehtut. Heute fühle ich mich in der Früh gleich nach dem Aufwachen steif, ja richtiggehend eingezwängt. Und die Beschwerden werden über den Tag hinweg nicht besser. Ganz im Gegenteil. Wenn ich abends endlich wieder am Einpennen bin, komme ich mir noch unbeweglicher, noch zusammengepresster vor.

Früher, als ich noch klein war, gab es auch Tage, an denen mir alles wehtat. Damals waren das allerdings Wachstumsschmerzen gewesen. Da schoss ich so fix in die Höhe und Breite, dass ich beinahe spüren konnte, wie mir unter der Haut die Knochen im Leib auseinandergeschoben wurden. Heute beherrscht mich eher ein Gefühl des Zusammengedrückt- oder Komprimiertwerdens.

Doch soll das der Zweck des Lebens sein: Zuerst auseinandergezogen und -geschoben und dann wieder zusammengequetscht zu werden, als wäre man ein Stück Knetmasse? Soll die Sinnhaftigkeit des Daseins etwa darin bestehen, von Anfang bis Ende kräftig durchgewalkt, bearbeitet und geschüttelt zu werden, um schlussendlich auf Nimmerwiedersehen zu verschwinden?

Ich weiß nicht. Mein Gefühl sagt mir, es müsse wirklich noch etwas mehr im Leben geben, als bloß ein geknetetes Stück Ego zu sein.

Tief verwurzelt in der Erde

Andererseits frage ich mich manchmal, ob die Verwirrung, die mich in letzter Zeit überfällt, alleine nur mein Problem ist oder ob nicht das ganze Universum an solchen Tagen chaotisch reagiert, ja, spinnt. Apropos, ich sollte mich bei Gelegenheit wirklich noch an die Aufstellung einer dementsprechenden Theorie machen und sie vielleicht die erste allgemeine Chaostheorie nennen.

Zurück: Ich bin also jemand, der tief verwurzelt ist in der Natur, in meiner Erde. Und diese innige Verbundenheit lässt mich zu einem gewissen Maße fühlen, dass wir, meine Welt und ich, eins sind. Geht dir das nicht auch so?

Ich kann dir dieses Phänomen nicht erklären, aber diese Empfindung ist auf jeden Fall vorhanden und lässt sich nicht leugnen.

Je älter ich wurde, desto stärker reifte in mir die Erkenntnis, dass ich mehr als nur ich, dass ich ein Teil des Ganzen, ein Teil meiner Welt, meines Universums bin, untrennbar mit diesem verbunden.

Es gab sogar Zeiten, in denen ich glaubte, ein göttliches Wesen zu sein – wenn auch nur ein klitzekleines –, das aber halt nicht weiß, was es in Wirklichkeit ist.

So etwas passiert mir hin und wieder einmal. Plötzlich bekomme ich eine Art Anwandlung und dann fange ich wie wild zu philosophieren an. Über Gott und die Welt. Ich gestehe dir an dieser Stelle freimütig ein, manchmal nimmt das schon fast größenwahnsinnige Züge an.

Doch, bin ich ein Kind Gottes? Mein Gefühl spricht heute eher von Alter, Gebrechlichkeit, Verworrenheit. Alles andere als potent und allmächtig. Er, der alles schuf, mich und das Universum um mich herum, der dürfte sich so etwas eigentlich nicht erlauben. Wo käme einer denn hin, wenn selbst sein Schöpfer alt, gebrechlich und verworren, also ein alter Knacker wie man selbst wäre? Denn davon müsste ich ja dann wohl ausgehen. Was würde mit mir und meiner Welt aber nicht alles passieren, wenn der oder die oder das, was mich schuf, so verwirrt und vergesslich wäre, wie ich es heute bin? Ich meine, was könnte nicht alles geschehen, wenn auch mein *Übi* sich nicht an das erinnern würde, was er gerade eben gemacht hat? Wenn auch er die Schnur verlieren würde? Nein, nein, das ist unvorstellbar. Das kann und darf ich nicht zulassen. Das wäre Blasphemie! Nein, Gott verliert nicht so einfach seinen Faden.

Wie müde ich mich plötzlich fühle. Jetzt brauche ich erst mal ganz dringend eine kleine, wohltuende Schlummerpause.

Der alte Traum

Bonjour. Schon bin ich wieder wach. Ein neuer Tag. Habe auch gleich meine Übungen gemacht, mich kurz, aber kräftig gestreckt und gereckt, um wieder fit zu sein und so höchst motiviert an meinen Memos weiterzumachen. Wo waren wir stehen geblieben? Genau, ich wollte ja ein paar Geschichten aus meiner frühen Kindheit zum Besten geben.

Also damals schlief ich fast ausschließlich. An den Rest erinnere ich mich nur lückenhaft.

Den ersten wirklich bleibenden Eindruck, den ich von meiner Welt hier bekam, hinterließen diese Erdbeben. Es war, als hätten sie mich aus einem langen, tiefen Traum gerissen. Wenn du es dir recht überlegst: Ein wenig wundersam muss das ja damals schon gewesen sein, plötzlich aufzuwachen, ohne zuvor je eingeschlafen zu sein. Und dann noch inmitten eines dieser Beben hinein.

Mein Globus war früher ganz schön unruhig. Interessanterweise bereiteten mir seine Erschütterungen keine großen Ängste. Vielleicht, weil ich mich da schon an sie gewöhnt hatte. Denn die Erdstöße dürfte ich durchaus bereits während meines Urschlafs – wie ich diesen einmal nennen will – erfahren haben, ohne mich an sie wirklich erinnern zu können. Mir schien es jedenfalls so, als bebte die Erde, und mit einem Mal war ich da. Ein Erwachen übrigens ganz in der Art, wie ich es bis heute tagtäglich erlebe.

Wovon mag ich damals nur geträumt haben?

Du, plötzlich meine ich, mich an eine kurze Sequenz erinnern zu können. Schemenhaft nur, aber deutlich besser als bisher gedacht. Oder träumte ich gerade nur vom Träumen? Ich weiß es mal wieder nicht. Doch bis gerade eben war ich mir noch absolut sicher gewesen, meine erste Zeit sei ein Enigma, eine Art Tabula rasa. Ist es nicht immer wieder erstaunlich, zu welchen Leistungen unser Geist in der Lage zu sein scheint?

Hier also mein Urtraum:
Mit Mutter rutsche ich durch eine Art Röhre, einen Tunnel. Wir gleiten ganz gemütlich dahin. Es ist warm und wir fühlen uns geborgen.

Plötzlich begegnet uns Vater. Er kommt uns entgegen. Es ist ein freudiges Treffen – wir umarmen uns. Wir sind glücklich und drücken uns ganz fest, so, als wollten wir nie wieder von uns lassen. Wir verschmelzen, bilden eine Einheit, eine richtige, kleine Familie.

Zusammen geht es dann weiter – den Weg, den Vater gekommen ist. Irgendwann später lassen wir uns nieder. Es ist ein schönes Plätzchen. Da bleiben wir.

Das war's. Leider. Ein wenig dürftig könntest du jetzt behaupten. Und das völlig zu Recht. Doch zum ersten Mal überhaupt habe ich eine Ahnung davon bekommen, wie meine Eltern ausgesehen haben könnten. Plötzlich „stehen" mir wenigstens diese, wenn auch äußerst verschwommenen Bilder vor meinen Augen. Eigentlich sind es nur Umrisse. Mutter scheint eher groß und wuchtig, Vater feingliedrig, rank und schlank gewesen zu sein. Sie mehr die Gemütliche, er der Agile.

Ich finde es etwas blöd, bin aber irgendwie zu Tränen gerührt. Jetzt musste ich so alt werden, um mir ihre Gestalten ins Gedächtnis zu rufen. Es ist fast nicht zu glauben: Da habe ich mein ganzes Dasein vor mich hinvegetiert, ohne je viel mehr als eine bloße Idee von der Existenz meiner Geronten gehabt zu haben, und dann kommt mir plötzlich diese, zugegebenermaßen ziemlich abstrakte Vision in den Sinn.

Zwar habe ich meine leiblichen Eltern immer tief in mir gespürt und wusste instinktiv, ich bin ihr Fleisch und Blut, doch von ihrem Erscheinungsbild hatte ich bis zum heutigen Tage nicht den blassesten Schimmer. Wirklich gesehen habe ich sie nie.

∗∗∗

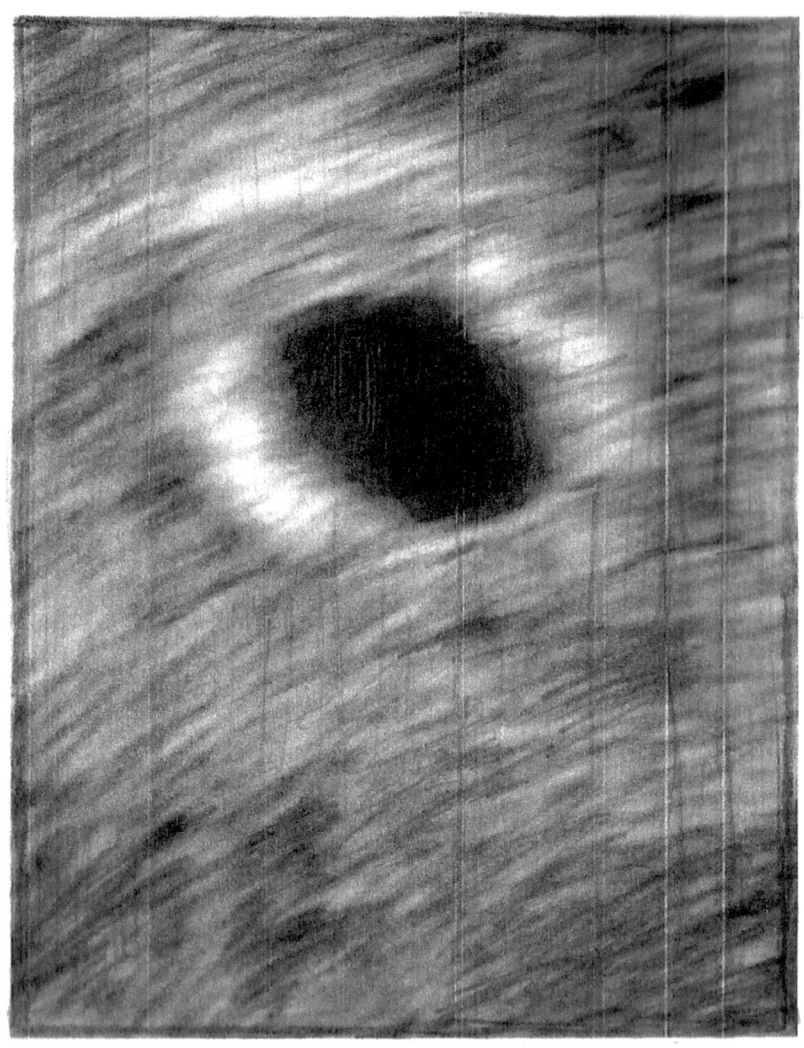

2

Die Beben

Es ist an der Zeit, von meiner Kinderkrankheit zu berichten, dem großen Drama meiner Jugend. Ich sag dir, damals hatte ich wirklich Glück. Die Sache wäre beinahe, also um Haaresbreite, schiefgegangen. Und meine Wenigkeit besitzt dünne Haare. Fast hätte ich das nicht überlebt.

Es war in der Epoche der Beben, die während meiner ganzen Jugend kamen und gingen. Wie oft ich da geschüttelt und gerüttelt wurde, weiß ich im Nachhinein nicht mehr genau zu sagen. Ich vermute einmal, die Erdstöße traten nahezu jeden Tag auf. Nach einer Weile hatte ich mich richtiggehend an sie gewöhnt. Anfangs schlief ich ja noch nahezu die meiste Zeit und in dieser Phase wurde ich oft von ihnen geweckt. Die seismischen Wellen verliefen mehr oder weniger immer nach demselben Muster. Mit einigen kleinen Erschütterungen fing es an. Manchmal nahm ich diese erst mal gar nicht richtig wahr, an anderen Tagen waren sie von Beginn an ausgeprägt. Sie wurden von etlichen schlingernden Bewegungen begleitet und erst dann folgten die richtigen Erdstöße. Hier wurde ich nun heftig umhergeschupst und hin und her geschleudert. Ich war dann fast am Kapriolen schlagen, so haute es mich in meinem Heim umher. Das Ganze geschah rhythmisch. Plötzlich gab es einen Stoß, und schon wurde ich nach oben geworfen und gebeutelt. Kaum hatte ich das Gleichgewicht wiedergefunden, kam der nächste Ruck. Die Erde hob und senkte sich in erstaunlichem Ausmaße. Angst verspürte ich komischerweise keine.

Manchmal stellte ich mir dabei vor, sie würde sich öffnen, eine Art Schlund würde sich auftun und ekelerregende Dinge daraus hervorbrechen. Was für eine Vorstellungskraft! Einmal, es ist noch gar nicht lange her, habe ich einen Schluckdrauf gehabt, der einfach nicht mehr aufhören wollte, und es mag vielleicht etwas lachhaft klingen, aber die Erdbeben in meiner Kindheit erinnerten mich daran. Als ob die Erde damals unter etwas ganz Ähnlichem gelitten hatte, nur viel schlimmer und anhaltender noch.

Nur so nebenbei: Findest du es nicht auch höchst interessant, wie das Gedächtnis immer wieder Parallelen zieht, wie es von sich auf die Welt schließt? Offensichtlich hält man sich für das Zentrum seines Seins und deshalb „stehe" ich auch immer im Mittelpunkt meiner Welt, ja, des ganzen Universums. Anscheinend kann ich nur dann etwas begreifen, wenn ich einen persönlichen Bezug dazu herstelle, wenn ich es in Relation zu mir selbst sehe. Aus diesem Grund vergleiche ich die Beben mit dem Schluckauf. Offenbar dreht sich alles um mich. Was sicherlich nicht wahr ist und zudem reichlich egozentrisch scheint. Doch ob ich nun möchte oder nicht, ich betrachte mich als das wichtigste Ding in meinem Universum, und an einem der Tage, an denen ich wieder mal dem Größenwahn nahe bin, flüstert ein Stimmchen in meinem Kopf: „Es gibt keine anderen Götter neben dir." Was natürlich vollkommener Quatsch ist.

Die Saltos

Zurück zu diesen „Erdenschluckaufs" oder dem „Erderbrechen": Manchmal, nicht immer, haute es mich dabei so umher, dass mir von dem Schlingern, dem Holpern und Gestolpere fast ein wenig schlecht wurde. Etliche heftige Erschütterungen später hörte ein solches Beben mit einem Schlag auf, und es herrschte Ruhe bis zum nächsten Mal.

Nach einer Weile machte ich mir aus den tagtäglichen Eruptionen nichts mehr, ganz im Gegenteil, wenn ich durchgerüttelt wurde, fing der Spaß erst so richtig an.

Und dann, stell dir das einmal vor – von einem Tag auf den anderen – nix mehr. Da ich nicht unbedingt der Schnellste bin, dauerte es ein wenig, bis ich registrierte, was passiert oder besser, was nicht geschehen war, dass mir etwas abging, etwas fehlte. Kein Beben!

„Aber gestern hatte es doch noch gestoßen, da bin ich gehüpft wie ein Irrer", sagte ich.

„Nein, nein, gestern war das nicht. Gestern hat es auch schon nicht gebebt. Das mit dem Hüpfen war am Tag davor gewesen", entgegnete der andere in mir. „Erinnere dich, vorgestern wäre dir fast der zweifache Salto gelungen, doch leider lag plötzlich die Schnur im Weg. Beim *Übi*, du warst so stolz auf dich! Deshalb lagst du gestern nur eitel und faul herum. Da hast du gar nichts gemacht", fügte er an.

„Ja, das stimmt", gab ich zu. „Das mit dem Beinahe-Zweifachen war wirklich klasse und du hast Recht, es war vorgestern gewesen. Ach weißt du, ich würde ja wirklich noch furchtbar gerne den doppelten Salto meistern. Es hat so lange gedauert, bis ich den einfachen richtig drauf hatte. Plötzlich scheint mir der zweifache in greifbare Nähe gerückt zu sein und da bebt es nicht mehr. Nun, das ist schon einmal vorgekommen ..."

„Nein, ist es nicht!"

„Lass mich doch erst einmal ausreden."

„Warum denn, ich weiß ja, was du sagen willst."

„Aber natürlich ist es schon passiert!"

„Nein, noch nie!"

„Jetzt behaupte nicht einen solchen Blödsinn."

„Freilich, genau das tue ich. Ich weiß es sogar ganz genau."

„Und woher weißt DU das so genau, du Klugscheißerle?"

„Nun, das ist doch klar wie Brühe: Es gab noch nie einen Tag ohne Erdstöße. Das sollte dir genauso bewusst sein wie mir."

„Natürlich kenn ich einen, an dem es nicht gebebt hat."

„Na, dann sag mal. Ich wette, dir fällt keiner ein."

„Lass mich nachdenken ..."

„Siehst du, so etwas gab´s nicht."

„Jetzt lass mich bitte erst mal hirnen."

„War doch klar, dass dir keiner einfällt."

„Sei halt bitte mal 'nen Moment lang still! Ha, jetzt erinnere ich mich wieder! Es war in den Tagen, nachdem ich so krank gewesen war. Wusste ich es doch!"

Da hast du mal eine kleine Geschmacksprobe von den inneren Dialogen meiner Jugend. Damals stritt ich mich andauernd mit mir selbst. Es gab einen Teil in mir, der immer alles besser wusste, der immer schlauer war.

Und natürlich habe ich mich seinerzeit nur für die Zukunft interessiert. Selbst an das, was nur ein oder zwei Tage zurücklag, konnte ich mich in aller Regel kaum mehr entsinnen. Geschweige denn an die Kinderkrankheit, die zu diesem Zeitpunkt schon eine halbe Ewigkeit her schien. Fast ausschließlich blickte ich auf das, was kam und nur, wenn ich absolut dazu gezwungen war, wenn es wirklich nicht anders ging, habe ich mir das Vergangene gegenwärtig gemacht. Im Alter ist das jetzt anders. Die Vorausschau scheint mir eher ein Privileg der Jugend, die Rückschau das des Alters zu sein. Klug was? Damit wird aus dem Leben eine runde Sache. So rund wie die Welt. Blickte ich früher voraus, neugierig, mit Entdeckergeist, schweifen heute meine Gedanken zurück, besinnlich, reflektierend.

Die existenzielle Krise

Nun, die Beben sollten nicht mehr kommen. Vergeblich wartete ich Tag für Tag, allzeit bereit, an dem zweifachen Salto weiter zu üben. Natürlich war ich schwer enttäuscht. Ich habe mit der Welt, mit meiner *Erdmu*, mit der Ungerechtigkeit des Seins gehadert. Wie konnte sie mir nur etwas so Gemeines antun. Mir meine doppelten Saltos vorzuenthalten. Wutentbrannt bearbeitete ich die Wände meines Zuhauses mit Händen und Füßen. Nachdem sich die Wogen des ersten Ärgers geglättet hatten, saß ich eine ganze Weile apathisch und depressiv herum und dachte, ich sei des Lebens überdrüssig.

Ein Dasein ohne doppelte Saltos schien mir keine Existenzberechtigung zu haben. Lieber sterben, als mit solcher Schmach weiter dahinzuvegetieren. Zu jener Zeit konnte ich mir einfach nicht vorstellen, wie ich, nur eine Umdrehung beherrschend, noch weitermachen könnte oder gar wollte.

Krampfhaft überlegte ich darauf doch wirklich hin und her, wie ich es in die Wege leiten könnte, meinem Leben ein Ende zu setzen. Nach einer Weile schien mir Erhängen logisch und gerecht: mit der Schnur um den Hals von der Decke meines Zuhauses zu baumeln und zum Schluss nochmal traurig mit den Zehen zu wackeln. In meinen letzten klaren Momenten würde der damalige Beinahe-Zweifache noch einmal wie in Zeitlupe vor meinen Augen ablaufen, dann wie einst das Verheddern in dem Strick und finito, endlich Schluss; das erlösende Ende einer unwürdigen Existenz.

Heute ist es schon fast amüsant, an diese Geschichte zurückzudenken. Wie ernst ich damals meine im Vergleich zu heute winzig scheinenden Problemchen genommen habe. Als wäre ein zweifacher Salto eine wirklich lebensnotwendige Sache gewesen.

Natürlich hatte ich ein paar Tage später – zum Glück muss ich aus der Retrospektive sagen – wieder völlig vergessen gehabt, warum ich mich aufhängen wollte. Das ist das Privileg der Jugend! Eindeutig. Ich weiß nicht mehr, was mich seinerzeit vor dem letzten Schritt, wenn ich das einmal so ausdrücken darf, bewahrt hat. Vielleicht gab es damals eine dieser vielen kleinen Erschütterungen, die meine Welt ständig in Bewegung halten und mich neue Hoffnung schüren ließ, dies mit dem Salto könne eventuell doch noch klappen. Vielleicht hatte ich mich auch nur der „Nabelschau" hingegeben, diesem meditativen Dahindösen, das so entspannend wirkt. Oder aber mein *Übi* hatte zu mir gesprochen. Ich bin mir nicht sicher. Doch typisch wäre es für den Alten – im letzten Moment zu intervenieren. Schlussendlich ist es allerdings total egal, was es war. Alleine das Resultat zählt.

Inzwischen würde ich mich natürlich nicht mehr umbringen wollen. Heutzutage hänge ich viel zu sehr an meiner Existenz. Aufhängen – vergiss es! Damals dagegen, als mir die Zukunft noch in Hülle und Fülle bevorstand, schien es mir ein Leichtes, der ganzen Sache ein Ende zu bereiten.

Leichtsinnig ging ich mit dem Leben um. Das würde mir jetzt nicht mehr passieren. Nun, da ich fühlen kann, wie meine Tage gezählt sind, erscheinen sie mir mit einem Mal kostbarer denn je.

Eine lebensbedrohliche Erfahrung

Um aber auf meine Kinderkrankheit zurückzukommen:, Eines Tages erwischte es mich plötzlich. Und nicht nur leicht oder ein kleinwenig. Es war eine wirklich gefährliche, eine haarige Sache gewesen. Fast hätte ich es nicht gepackt. Denke ich ein wenig nach, meine ich, in den Tagen zuvor ungewöhnlich müde und schlapp gewesen zu sein. Vergiss nicht, es waren die Zeiten, in denen ich während der Beben an meinen Saltos übte – normalerweise mit großem Enthusiasmus und Elan. Auf einmal fehlte mir die Kraft dazu. Die Erde tobte und eigentlich hätte ich hüpfen sollen vor Freude und Tatendrang, doch ich hing nur kaputt herum, kaum fähig, irgendein Körperteil zu rühren.

Irgendetwas stimmte nicht. Tief in mir gab es eine Stimme, die sagte, mein Körper funktioniere nicht so, wie er eigentlich solle. Schon damals konnte ich das mir nicht erklären und ganz ehrlich, bis heute wäre ich nicht in der Lage dazu. Ich wusste nicht, was mir fehlte, und hatte nicht den leisesten Schimmer, was da auf mich zukam.

Und – dem *Übi* sei Dank – bisher musste ich nicht noch einmal eine solche Tortur durchmachen.

Nach dieser ersten Vorphase ging es mit einem Mal richtig los. Überraschend und ohne Vorwarnung.

Was nicht ganz der Wahrheit entspricht. An diesem Tage bebte die Erde ungeheuerlich. Hätte ich mich damals nicht schon so erledigt gefühlt, sicherlich hätte ich noch am Salto geübt. Die Erschütterungen schmissen mich derart umher, dass ich schlussendlich nicht mehr wusste, wo oben und unten war; es haute mich in meinem Heim auf eine Weise herum, wäre ich zu diesem Zeitpunkt nicht noch blind und taub gewesen, hundertprozentig wären mir Hören und Sehen vergangen.

Wie gesagt, normalerweise machten mir die Beben nichts aus. Einmal in die richtige Position manövriert, wäre ich zwar von *Erdmu* gerüttelt worden, doch hätte ich, weiterhin die Kontrolle über mich behaltend, die wildesten Stöße abgemildert und gezielt für meine Übungen genützt.

Nachdem ich allerdings so schwach war und mich kaum auf den Beinen halten konnte, wurde ich haltlos hin und her geschmissen. Ich hatte einfach nicht die Kraft mich abzufedern, in Position zu gehen oder ausgleichende Bewegungen zu machen, und deshalb warf es mich in meinem Zuhause umher wie nie zuvor.

Kurz darauf begannen die Qualen. So etwas hatte ich bis dahin auch nicht erlebt. Zwar kannte ich damals schon die ersten Wachstumsbeschwerden und andere Wehwehchen, aber das, was da mit mir passierte, besaß eine völlig andere Qualität. Wenn du größer wirst, schmerzen dir die Knochen im Leib, der eine mehr, der andere weniger. Es ist ein Gefühl des Auseinandergeschobenwerdens, unangenehm, doch Bewegung hilft und erleichtert dabei. Im schlimmsten Falle tut dir fast jede Stelle des Körpers weh, dabei glaubst du aber noch lange nicht gleich sterben zu müssen.

Diese Schmerzen dagegen waren nicht nur unerträglich, sie fühlten sich lebensbedrohlich an. Das war deutlich zu spüren. Als ob etwas aus mir herausgezogen, mir mein Leben abgesaugt würde. Ich drohte zu vergehen. Und ich fing an, um mich zu schlagen. Nicht sogleich. Doch mit den plötzlich einsetzenden Krämpfen war sofort eine mir nicht verständliche Unruhe da. Und dann diese Panik. Dies unterschied sich ebenfalls von den Wachstumsschüben. Bei diesen kannte ich keine Angst. Hier war sie jedoch sofort zu spüren und eine innere Stimme schrie, dass etwas ganz Furchtbares mit mir nun geschehen würde. Mein Körper brauchte irgendwas und bekam es nicht. Im ersten Moment war die Angst lähmend, dann wich sie der immer stärker werdenden Unruhe. Ich musste mich bewegen, fing an zu strampeln, um mich zu schlagen. Panik übermannte mich.

Und das machte alles nur noch schlimmer.

Endlos schien es zu dauern. Es war ein Tag, der nicht verstreichen wollte. Ich wünschte, es möge enden, aber bitte schön doch nicht mit mir. Tief in meinem Inneren formte sich allerdings irgendwann das Wissen, es könne nicht mehr lange so weitergehen; bald wäre es aus mit mir.

In meiner Brust pochte es wie rasend, der Schädel schien mir zu platzen, die Augen drückten sich aus ihren Höhlen, ich glaubte zu bersten. Und dennoch ging mir etwas Lebensnotwendiges ab.

Für kurze Zeit trat auf einmal Erleichterung ein. Plötzlich wurde der Druck ein wenig leichter, die Angst und der Schmerz geringer. Beim ersten Mal dachte ich schon, es sei jetzt vorüber, ich hätte es geschafft. Eine kleine, üble Attacke, ein Anfall, furchterregend, doch nicht weiter schlimm.

Da fing es wieder an. Die Qualen setzten erneut ein und mit ihnen die Panik, das Gestrample, das Bersten, das Leeregefühl. Wieder glaubte ich zu sterben. Und wieder, wie im allerletzten Moment, ließen all die Beschwerden für eine kleine Weile nach.

Als ich von neuem zu hoffen wagte, setzte der nächste Anfall ein. Auf die Art ging es hin und her. Aber ich merkte, wie ich schwächer wurde, mein Strampeln kraftloser und wie die Angst langsam einer Gleichgültigkeit wich, die mir sagte, ich würde es nicht mehr lange machen. Am ganzen Körper zuckte ich und schon längst hatte ich jegliche Möglichkeit verloren, meine Bewegungen zu kontrollieren. Es ging dem Ende zu.

Mir schwanden die Sinne. Langsam zog etwas Kaltes von meinen Extremitäten in Richtung der wild schlagenden Brust. Es breitete sich von den Beinen und Armen zum Zentrum meines Seins hin aus. Meine Gliedmaßen zuckten wie ekstatisch, wobei ich jegliche Macht über sie verloren hatte. Ich konnte mich nicht mehr bewegen, wusste aber instinktiv: sollte diese Kälte das wild pochende Organ in meinem Busen erreichen, würde ich meinen letzten Strampler tun.

Diese Erkenntnis machte die Situation seltsamerweise erträglicher – es war, als würde sich daraufhin eine tiefe Stille in mir ausbreiten. Die Angst und Panik waren vergangen. Während ich weiterhin unkontrolliert zuckte, kehrte in mir Ruhe ein. Ich wusste, ich konnte nichts mehr machen. Ich war meinem Schicksal hilflos ausgeliefert.

Ein letztes Mal spielte sich das Leben vor meinem geistigen Auge ab. Kurz, viel zu kurz schien es gewesen. Ich war damals noch so jung – hatte mein Dasein gerade erst begonnen und gehofft, noch eine Fülle von Dingen erleben zu dürfen. Nie hatte ich groß zurückgeblickt, gleichwohl sah ich, wie erfüllt mein kurzes Dasein bis zu diesem Moment gewesen war – und ich auf gewisse Art und Weise glücklich. Natürlich hätte ich gerne viel länger gelebt, hätte etliches noch machen wollen, so viel zu erleben und zu lernen gehabt. Doch wenn ich jetzt frühzeitig abtreten musste, dachte ich, dann sei es gut so. Ich gab mich dem Schicksal hin, wehrte mich nicht mehr dagegen. Wer könne schon sagen, schoss es mir damals in den Sinn, was noch alles gekommen wäre, hätte ich am Leben bleiben dürfen. Viel Schönes, möglicherweise aber auch das Gegenteil. Vielleicht, kam mir der Gedanke, war mein Leben ja vorherbestimmt und verlief in gewissen Bahnen, auf die ich keinen Einfluss hatte, und vielleicht war das ja gut so.

Ich fing zu beten an, sprach im Stillen zu meinem Schöpfer, und zu *Erdmu*. Bis zu diesem Zeitpunkt hatte ich gar nicht an sie gedacht, so sehr war ich mit dem Kampf ums nackte Überleben beschäftigt gewesen. Jetzt betete ich und dankte ihnen für die wenigen, aber glücklichen Tage, die sie mir gewährt hatten, für mein Leben bis zu diesem Zeitpunkt. Und ich bat sie, mich doch in meinen letzten Momenten zu begleiten und mir beim Sterben behilflich zu sein.

Just in diesem Augenblick drückte etwas leicht die Decke meines Zuhauses ein und danach fing alles ganz fein zu vibrieren an.

Es schien, als ob die *Übis* mich erhört und die Erde in sanfte Schwingung versetzt hätten. Im ersten Augenblick fühlte sich das gar nicht schlimm an, dann aber lag ich mit einem Mal im Epizentrum dieser Vibrationen. Es war unerträglich. Es war schrecklich. Dachte ich kurz zuvor noch, ich dürfte nun in Frieden sterben und sanft ins Jenseits hinübergleiten, wurde ich wieder von Panik ergriffen. Solch ein Vibrieren hatte ich bis dahin noch nie gespürt. Anders als die Erdbeben und Erschütterungen, die ich sonst kannte, war es viel, viel feiner. Es schien mir wie ein Strahl. Anfangs fuhr er über mich hinweg, kam dann allerdings sofort zurück, als würde er mich suchen. Sobald ich diesem Oszillieren wiederum voll ausgesetzt war, besaß ich nur einen Wunsch – weg, weg von der Stelle! Raus aus seinem Bann! Mich beschlich das

Gefühl, dass sich innerhalb kürzester Zeit das Fleisch von meinen Knochen lösen würde, sollte es mir nicht gelingen, dem Strahl zu entwischen. Doch ich konnte mich nicht rühren. Jetzt verfluchte ich die Geister, die ich gerufen hatte. Wie schändlich von ihnen, mir das anzutun, mich in meinen letzten Momenten so zu quälen.

Da war man nett und höflich, schimpfte ich damals, und bedankte sich recht innig für nicht besonders viel – es war ja nicht gerade so gewesen, dass ich bis dahin ein recht üppiges Leben gehabt hatte – und bat um den letzten Segen und um ein friedliches Ende, und dann das.

Waren dies die Vorboten der Hölle gewesen …?

Heute weiß ich es besser, weiß ich mehr. Ich habe dieses Vibrieren noch öfter einmal erleben müssen. Nie habe ich es gemocht und immer versuchte ich, diesem Bannstrahl zu entkommen. Mit wenig Glück, muss ich gestehen. In größter Not und mit irrer Anstrengung gelang es mir damals doch noch irgendwie, mich ein wenig zur Seite zu schieben, kurz bevor meine Brust zu platzen schien, so sehr hatte das feine Rütteln das Gepoche darin beschleunigt. Wie ich das zusammengebracht habe, kann ich dir im Nachhinein nicht mehr sagen. Und dann, von einem unscheinbaren Moment auf den anderen, hörte es auf. Da lag ich nun völlig erledigt und war dem Hades, wie es mir zu jener Zeit schien, gerade um Haaresbreite noch einmal entkommen. Plötzlich wurde es auch um die Brust herum leichter. Kurz darauf war der Druck in mir am Verschwinden und schlagartig spürte ich, dass das, was vorher nicht richtig funktioniert und die ganze Panik ausgelöst hatte, wieder in Ordnung war. Etwas, das gefehlt hatte, stand erneut in Hülle und Fülle zur Verfügung.

***

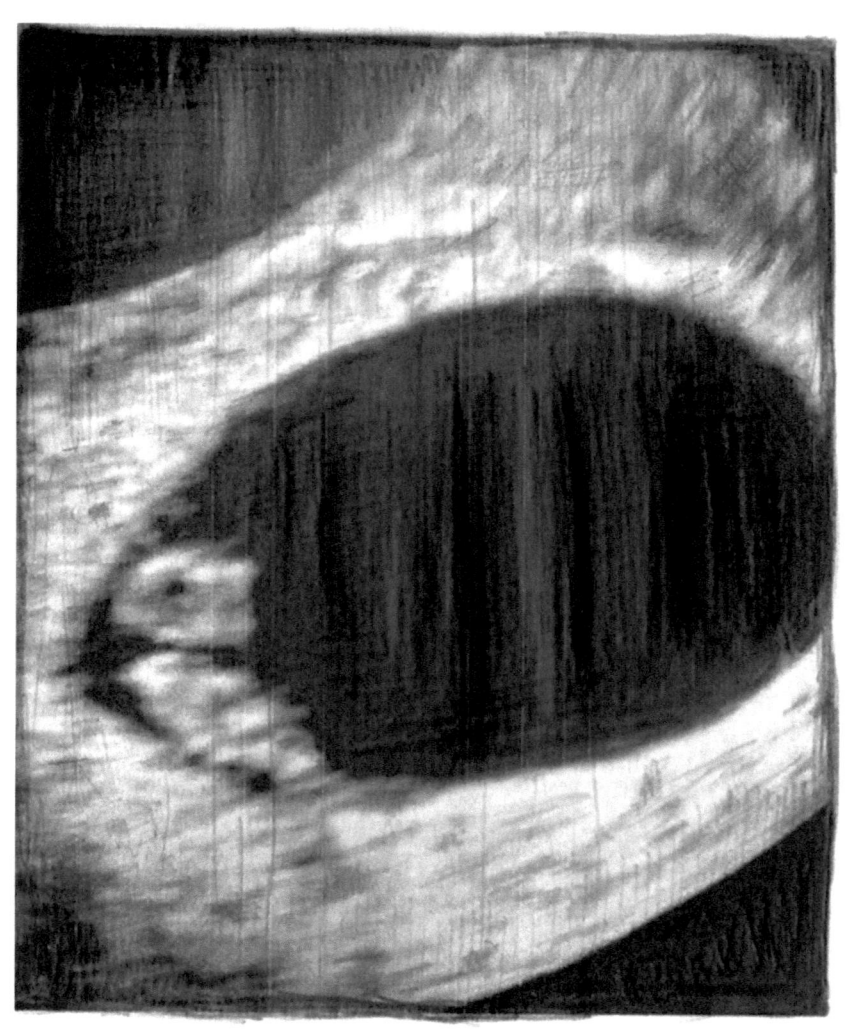

3

Schlaf und Tod

Damals brauchte es noch eine ganze Weile, bis ich mich von der Tortur wieder erholt hatte. Zunächst einmal war aber dieser Tag zu Ende gewesen und ich hatte wieder pennen dürfen, endlich wieder zur Ruhe kommen und mich eine Runde lang meinen Träumen hingeben können.

Meine Seele, mein Körper und mein Geist sehnen sich bis heute nach solchen Pausen und ich fühle mich immer gestärkt und erholt, wenn ich am nächsten Morgen erwache. Ich könnte dir nicht sagen warum. Ist es nicht erstaunlich? Jeden Tag in der Früh, wenn ich die Augen aufschlage, ist es wie beim allerersten Mal, als ich aus dem Urschlaf erwachte. Für Momente bin ich einfach nur da. Dann erst erinnere ich mich an die Geschehnisse der Tage vorher.

Bei mir hier spannt sich der Tag zwischen zwei Schläfchen und manchmal frage ich mich, ob dies im nächsten Leben auch noch so sein wird.

Abends, wenn ich eindusle, bin ich plötzlich weg. Es ist ein wenig wie Sterben, vermute ich einmal, wie ein friedliches Dahin- und Hinwegschlummern. Nicht wie das gerade geschilderte Erlebnis meiner Kinderkrankheit. Doch selbst während all der Angst und Panik gab es friedvolle Momente. Vergleichbar mit so manchen Abenden, an denen ich vor dem Einschlafen das Tagesgeschehen noch einmal kurz an mir Revue passieren lasse, hatte sich mein Leben vor mir abgespielt. Es ging ganz von selbst, ich musste mich überhaupt nicht bemühen.

Hin und wieder habe ich mich schon gefragt, ob der Schlaf und der Tod sich nicht irgendwie ähneln. Als ich zum allerallerersten

Mal erwachte, war es mehr oder weniger fast wie an jedem Morgen. Nur dass ich mich nicht erinnern konnte, was am Vortag geschehen war.

Und an den vielen Abenden in meiner Jugend, bevor ich endlich wegnickte, versuchte ich da nicht oft mich gegen den Schlaf zu wehren, versuchte möglichst lang aufzubleiben? Immer vergeblich. Schlussendlich überwältigte mich die Müdigkeit. Mit einem Mal war ich weg, so als ob ich nie existiert hätte – bis zum nächsten Morgen.

Als ich krank war und im Sterben lag, kämpfte ich ebenfalls dagegen, vom Ende, vom Tod überwältigt zu werden. Doch was wäre damals passiert, wenn ich nachgegeben hätte? Wäre ich vielleicht auch erst einmal weg gewesen und dann wieder irgendwo, irgendwie aufgewacht, und hätte mich wie beim letzten Mal nicht erinnern können, was vorab gewesen war?

So könnte der Tod einfach nur der Schlaf, nicht von einem Tag in den anderen, sondern der von einem Leben ins nächste sein, die tägliche Nachtruhe ein Training auf das Ableben und das Einnicken und Hinwegdämmern eine Vorbereitung für das Sterben. Auf dass ich nicht so arge Angst davor zu haben brauche. Auf dass ich jeden Tag ein wenig mehr Übung in der Kunst des friedlichen Entschlummerns, in der Kunst der Sterbevorbereitung, in der des „Abtretens" von meiner kleinen Weltenbühne bekomme. Eventuell sollte ich noch mehr üben, mich noch öfter meinen Träumen hingeben! Vielleicht ist der Schlaflose ja weniger auf den Tod vorbereitet als der Somnolente.

Oder sollte ich mein Leben nicht damit vergeuden? Sollte weniger pennen? Versuchen, das Beste daraus zu machen? Jeden Moment auskosten? Die Tage ausdehnen, länger werden lassen? „Carpe diem!?" Sollte ich ihn mehr nützen, den Tag? Es gibt so viele offene Fragen.

Nach der Krankheit tat mir noch eine ganze Zeit lang die Brust weh. Andererseits hatte sich eine ganz neue, innere Ruhe und Gelassenheit in mir breitgemacht und tagelang lag ich nur entspannt herum, schlief jede Menge, war zufrieden mit mir selbst und der Welt. Für eine Weile schien ich zudem gänzlich furchtlos geworden zu sein. Was hätte mir das Leben nach dieser gerade erst durchgemachten Erfahrung auch noch Umwerfendes bieten können? Was hätte mich erschüttern, aus der Bahn werfen können, nachdem ich beinahe vor meinen Alten getreten war?

Ach, wie sehne ich mich heute nach dieser Ausgeglichenheit, die seinerzeit über mich gekommen war. Heute – als Methusalem – bin ich furchtsam und neurotisch geworden. Von Gelassenheit keine Spur. Eigentlich sollte man nach solch einem Erlebnis keine Angst mehr vor dem Ende haben. Doch sie ist jetzt größer denn je zuvor.

Wenn ich auf mein Leben so zurückschaue, wie sehr wünschte ich mir da in letzter Zeit, der besinnliche Blick wäre nicht nur in die Vergangenheit, sondern auch in die Zukunft gerichtet. Doch heute habe ich, ganz im Gegensatz zu früher, eine ungeheure Panik vor dem Sterben. Obendrein brauche ich im Alter viel weniger Schlaf als noch in meiner Jugend. *Insomnia senilis*, greisenhafte Schlaflosigkeit könntest du es auch nennen. Als wenn es unbewusst etwas Verwerfliches, wenn nicht gar Gefährliches geworden sei, die Augen zuzutun und zu ruhen. Als ob mein Körper auf einmal intuitiv wüsste, wie viele Parallelen es zwischen dem Schlaf und dem Tod gibt.

Aber wahrscheinlich war der einstige Gleichmut nur eine Gegenreaktion auf diese wahnsinnige Aufruhr aller Dinge gewesen. Selbst die Erde war in diesen ersten Tagen nach der Krankheit ruhiger geworden. Eine gewisse Zeit lang traten die Erdbeben eigentlich gar nicht mehr auf. Als sie dann wiederkamen, hatte ich mich schon erholt und erwartete sie mit der Ungeduld eines Jungen, um an meinen Saltos weiter zu üben.

Ich glaube nun, dir mehr oder weniger alles Wichtige aus meiner Jugend berichtet zu haben. Sicherlich gäbe es da noch das eine oder andere interessante Detail. Beispielsweise besaß ich anfangs keine Hände oder Füße. Und als sie sich dann endlich entfaltet hatten, befanden sich Schwimmhäute zwischen meinen Fingern und Zehen. Ferner könnte ich von meinen ersten Tauchversuchen erzählen und um wie viel größer die Welt mir früher schien. Doch ich möchte dich nicht mit irgendwelchen Banalitäten langweilen.

Jeder, der auch nur ein klein wenig Verstand besitzt, und da schließe ich dich natürlich mit ein, dürfte sich über seinen anfangs finger- und zehenlosen Zustand sehr wohl bewusst sein, jeder kann schwimmen, und wirklich jedem sollte verständlich sein, dass einem die Welt später – allein schon deshalb, weil man selbst größer geworden ist – deutlich kleiner vorkommet. Selbst wenn sich, was ja wiederum zum Allgemeinwissen gehört, das Universum ausdehnt. Wobei es da in letzter Zeit allerdings ganz offensichtlich an seine Grenzen stößt.

Würde mich der *Übi* irgendwann einmal fragen, was meiner Meinung nach die wichtigsten Stationen und Erlebnisse meiner Jugend und Kindheit waren, ich würde die Erdbeben erwähnen, die fatale Krankheit, an der ich fast verreckt wäre, die Zeit der einfachen und fast zweifachen Saltos und am Ende meiner Jugend, sozusagen auf dem Schritt ins Erwachsenenalter, das plötzliche Ende der Beben und die existenzielle Krise, in die ich für einen kurzen Moment dadurch gefallen war.

Die Relativitätstheorie des Seins

Ich kann es nicht sein lassen und muss an dieser Stelle noch ein paar Worte über die Dummheit der Jugend verlieren. Wie konnte ich damals nur so blöd sein und mir das Leben nehmen wollen. Nur weil ich keinen doppelten Salto schaffte, nur weil ich dachte, ich würde das Kunststück ohne die Beben nicht zusammenbringen. Und dass eine Existenz ohne diese Saltos nicht lebenswert sei.

Es kam eine Phase in meinem Leben, nicht viel später, da konnte ich, selbst ohne Erdbeben, mich um die eigene Achse drehen – einmal, zweimal, viele Male, so oft ich Lust hatte – ja, dass mir ganz schwindlig dabei wurde. Das war dann alles kein Problem mehr. Ich habe dies dann sogar einmal einen ganzen Tag lang getan. Einen Salto nach dem anderen. Und wahrscheinlich, weil ich damals vom Erwachen bis zum Einschlafen nichts anderes machte, als mich zu drehen und zu drehen und wieder um die eigene Achse zu drehen – was zwar anfangs zugegebenermaßen noch recht spaßig, dem Ende zu aber so langweilig geworden war und mir dermaßen zum Hals raushing, dass ich in der Folge nie mehr einen Salto gemacht habe. Keinen einzigen mehr! Und wegen eines solchen Blödsinns hätte ich beinahe meinem Leben damals ein Ende bereitet.

Heute kann ich keine Saltos mehr, selbst wenn ich es wollte. Was natürlich nicht der Fall ist. Die können mir an meinem Allerwertesten vorbei. Heute bin ich viel zu behindert für solch sportliche Aktivitäten, in der Tat kann ich mich glücklich schätzen, wenn ich mich mit Müh und Not überhaupt noch rühren kann. Verschwende ich deshalb auch nur einen müden Gedanken an Selbstmord, Freitod, Harakiri oder wie immer du es nennen magst, nur weil ich heute im Alter behindert bin? Ganz im Gegenteil. Ich klammere mich ans Leben mit unverhohlener Gier.

Da stellt sich mir schon die Frage nach der Relativität des Seins. Was mir seinerzeit so bedeutsam schien, ist mir heute schnur(z)-egal. Was mir heute furchtbar wichtig ist, interessierte mich früher keinen Deut. Es kommt ganz offensichtlich immer auf den Stand- und Zeitpunkt an, von dem aus man eine Sache betrachtet.

Wird dies im nächsten Leben auch so sein?

✳✳✳

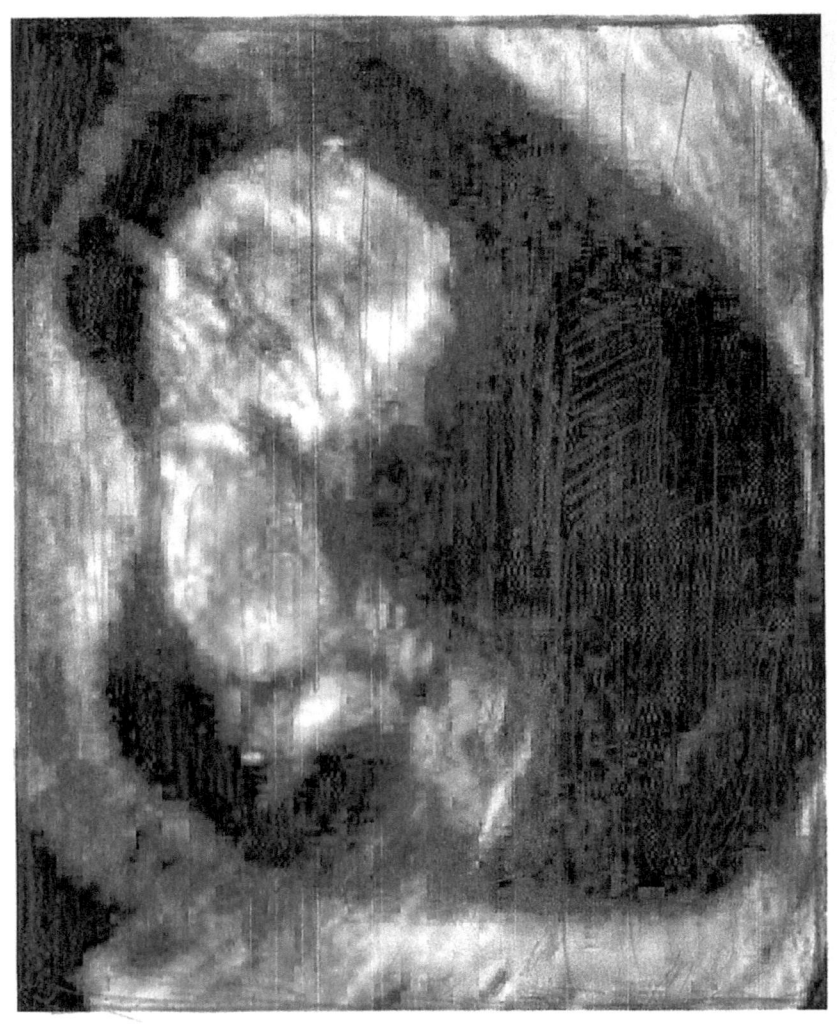

II.

Adoleszenz

Die Zeit des Erkennens

4

Macht Nachdenken denn wirklich glücklich?

Wie wird das bloß im nächsten Leben werden ...? Wird es dann auch noch so sein...? In einer weiteren Existenz...? Im zukünftigen...? Im, im, im?
All diese Fragen!

Kann ich denn dieses Kreisen meiner Gedanken nicht einfach einmal sein lassen? Kann ich nicht mal Ruhe geben mit dem Grübeln, was die Zukunft alles bringen möge oder könnte oder nicht kann? Kann ich denn nicht einfach einmal im Hier, im Jetzt leben, einfach nur den Moment genießen, besser noch: einen nach dem anderen. Nur leben, nur da zu sein, das wäre doch schön.

Was treibt mich derart herum?

Ich habe mal wieder keine Ahnung.

Und doch, würde ich nur im Augenblick weilen, glücklich und mit mir im Reinen sein, ich würde sicherlich nicht nur nicht in die Zukunft, an das Morgen denken, sondern auch nicht zurückblicken, nicht über das Gestern, das Vergangene reflektieren, selbst diese Memos wären mir dann bestimmt pipi-egal.

Es ist anscheinend das Unglück meiner Spezies, immer mehr zu wollen, als man hat. Nie wirklich zufrieden zu sein.

Gibt es in anderen Welten andere Wesen, die glücklicher sind? Im nächsten Le...

Nein, bitte nicht schon wieder!

Aber mal ganz ehrlich: Wäre ich noch der, der ich heute bin, wenn ich nur im Augenblick verweilen würde? Ich meine, bevor ich richtig mit dem Denken anfing, hab ich nicht genau dies gemacht: im Moment gelebt?

Freilich, gerade weil ich es wahrscheinlich getan habe, weiß ich es nicht mehr. Daher kann ich rückblickend nicht sagen, wie das war, und ob es mir gefallen hat oder nicht, ob es schön war oder nicht. Wahrscheinlich beides.

So werde ich wohl nie herausfinden, ob ich zufriedener war, damals, bevor ich richtig denken konnte. Dass ich es heutzutage tue, sehe ich als Fortschritt an. Doch hat mich dieser wirklich *happy* gemacht?

Vielleicht war ich ja früher, bevor ich die Dinge begreifen, erfassen, verstehen konnte, unglücklicher als heute. Oder zumindest unglücklich. Vielleicht war dies überhaupt der Grund gewesen, warum ich zu denken anfing. Ich weiß es nicht. Arg viel glücklicher hat es mich allerdings nicht gemacht.

Oder wurde ich mit dem Einsetzen meines so genannten Intellekts aus dem Paradies, dem Ort des einfachen Glücklichseins vertrieben und sehne mich seitdem vergeblich nach diesem Urzustand zurück?

Doch warum fing ich dann überhaupt zu denken an? War dies eventuell kein Fort-, sondern ein Rückschritt gar? Sollte ich das, was ich bisher als Intelligenz bezeichnet habe, eher eine Dummheit nennen? Denn wenn das Denken einen unglücklich macht, wäre das ja wirklich eine verdammt unsinnige Sache.

Nun, ich werde mich weiterhin nach dem Glück sehnen. Und nach dem einfachen Sein, dem einfach Dasein.

Ob ich dies allerdings in meinem jetzigen Leben noch meistern werde, wage ich zu bezweifeln.

Vielleicht in einem nächsten...?

Schluss damit!

Warm und Kalt

Es ist an der Zeit, dir mein Zuhause ein wenig zu beschreiben, das gute alte Heim und meine Welt. *Erdmu* ist meine Heimat. Und sie ist Teil meines Universums. Alle drei: mein Zuhause, *Erdmu* und das Universum sind rund.

Anfangs herrschte hier auf Erden totale Dunkelheit. Denn für lange Zeit war ich blind. Tag und Nacht gab es dagegen schon immer. Tagsüber bin ich wach, nachts penne ich. So einfach ist das. Auch wird es hell und dunkel. Soweit ich das heute beurteilen kann, gibt's in meiner Welt nur eine Farbe. Ich bezeichne sie gerne als erdig. Von ihr existieren die verschiedensten Schattierungen, wobei ich eher die dunkleren unter ihnen liebe. Sie kommen mir wärmer vor und wirken deshalb beruhigender auf mich.

Überhaupt reagiere ich ungeheuer sensibel auf grelles Licht und dem *Übi* sei Dank, die Zeiten waren selten, in denen es einmal unangenehm, ja richtiggehend gleißend hell wurde. Ich kann dir gar nicht sagen, wie sehr mich das dann aufregt. In diesen Fällen kann ich schon mal richtiggehend aggressiv werden. Zugegebenermaßen fasziniert mich die Helligkeit, aber sie macht mir auch Angst. Da pinkle ich mir schon mal zunächst ans Knie, bevor ich in Folge dann wütend werde. Reines Licht wirkt meines Erachtens extrem kalt. Und wenn es zu hell ist, bekomme ich Probleme mit dem Einschlafen. Die Tage dauern dann ewig.

In meinem Heim ist es – wie könnte ich dir das am besten beschreiben … vielleicht mit dem Begriff Zentralheizung – ist es also richtig schön warm – die allermeiste Zeit jedenfalls. Ein paar Mal nur sanken die Temperaturen unter meine Toleranzschwelle und ich muss sagen, Kälte behagt mir fast noch weniger als grelles Licht. Sobald die Wärme nur ein bisschen nachlässt, werde ich ganz steif und fange an zu zittern. Plötzliche Temperatureinbrüche sind mir verhasst. Zum Glück kam auch dies bis heute kaum vor. Doch immer, wenn unerwartet die Heizung ausfiel, habe ich reagiert wie bei durchdringendem Licht: ich bin sauer geworden. So ganz unter uns, da kann ich schon mal meine Beherrschung verlieren, mit dem Fuß aufstampfen und *Erdmu* wissen lassen, dass mir das nicht passt.

Manchmal ist es hell und warm. Das ist dann so eine Sache – ich liebe dabei die Wärme, scheue aber das Licht. Meist drehe ich in diesen Fällen dem Himmel meinen Rücken zu, schließe die Augen und lasse mir die warmen Strahlen auf den Pelz brennen. Das kann richtig gemütlich sein. Dabei gebe ich mich oft meinen Wachträumen hin. In diesen räkele ich mich gemächlich hin und her und erlebe großartige Abenteuer.

Vielfach sind es Träume aus dem Hier und Jetzt. In früheren meisterte ich den endlosen Salto oder ich schwamm und schwamm, ohne für lange Zeit das andere Ufer zu erreichen, denn im Halbschlaf ward die Welt auf einmal ungeheuer groß geworden, ein Vielfaches von dem, was sie in Wirklichkeit ist. Ich kämpfte mit Monstern, die plötzlich auftauchten, schreckliche Geräusche machten und mich zu verschlingen oder zu erdrosseln drohten. Oder es waren liebe Wesen, die mit mir spielen wollten, und mit denen ich dann um die Wette tauchte.

Heutzutage träume ich eher von anderen Universen, anderen Galaxien. In diesen treffe ich auf Welten wie die meine, mit Wesen wie mir und manchmal bewege ich mich in komischen Geräten, Ausgeburten meiner Fantasie. Zudem hausen dort Außerirdische, die so ganz anders aussehen als ich.

Schlussendlich kommt in meinen Wachträumen auch die Welt der Götter vor. Dort leben gute und böse, liebe und mächtige *Übis*. In meiner *game-time* kämpfe ich dann zusammen mit den *good guys*, dies sind in aller Regel die kleineren, dunkleren und wärmeren unter ihnen, gegen die großen, kalten, grellen *Übi*-Typen. Aber freilich, im Vergleich zu mir sind die natürlich alle riesig.

In der Welt meiner *Übis* läuft im wahrsten Sinne des Wortes vieles verkehrt. Während hier bei mir niemand geht, diese Weltenlenker tun das in meiner Vorstellung ausgiebig und oft. Außerdem benützen sie andere Wesen und Objekte, auf denen sie dann hocken und die für sie dann herumspazieren. Mann, sind die faul! Deshalb habe ich mir schon fest vorgenommen, sollte ich jemals ein kleiner Gott werden, werde ich es mir zuerst einmal richtig gemütlich machen und mich auch tragen lassen – und zwar ausgiebig und lang!

Bei dieser Lichtflut schlafe ich selten einmal richtig ein, manchmal kann ich aber nicht anders, mich überwältigt dann einfach die Wärme. In meinen richtigen Träumen kommen eher die alltäglichen Kleinigkeiten vor: Da wächst mir nahezu im Schlaf ein Zeh. Da durchlebe ich noch einmal die Schmerzen des Auseinandergeschobenwerdens und ja, selbst am Daumen lutsche ich hin und wieder einmal.

Himmel und Erde – oben und unten

Wenn es nicht allzu hell ist, kneife ich gelegentlich die Augen zu und unter ständigem Blinzeln schaue ich mir das Himmelsgewölbe meines Globus an. Da kann ich dann am Firmament zwischen all den hellen Flecken dunkle Verläufe erkennen, die sich verästeln und verzweigen. Ganz oben befindet sich ein großer dunkler Punkt. An dieser Stelle scheint der Himmel leicht eingedrückt; als ob er dort eine Delle hätte. Üblicherweise ist das Licht um diesen dunklen Fleck herum am hellsten. Je weiter mein Blick dann nach unten schweift, desto schummriger wird es.

An vielen Tagen ist es die ganze Zeit über düster. Mir macht das übrigens gar nichts aus, ganz im Gegenteil. Allerdings lässt sich nie so genau vorhersagen, wann es hier hell wird. Mein Universum ist in dieser Angelegenheit unberechenbar. Manchmal erwache ich in aller Früh, aufgestört vom blendenden Schein, manchmal wird es erst langsam Tag. An anderen Tagen kann ich morgens kaum etwas erkennen, wenn ich die Augen aufschlage, dann mit einem Mal wird es hell und kurz später wieder dunkel. In letzter Zeit ist es jedoch meist finster, wenn ich aufwache, lichtlos und unbewegt, richtig still. In dieser Ruhe liebe ich es dann, meine Morgengymnastik und etwas Stretching zu machen.

Nur der Vollständigkeit halber möchte ich auch kurz auf die Erdbewegungen eingehen. Es dürfte ja wirklich jedem klar sein, dass die Welt in dauernder Bewegung ist. Die Memos sollen nicht ins Banale abdriften. Dennoch gehört es an dieser Stelle kurz einmal erwähnt: *Erdmu* ist oft, eigentlich andauernd, zumindest in feiner Bewegung. Manchmal scheint sie fast still, aber eben nur fast. Ein klein wenig tut sich da immer etwas, selbst im Ruhezustand. Sanfte Vibrationen, hier und da eine kleine Erschütterung, ein rhythmisches Auf und Ab und eine Art Pulsieren spüre ich im Grunde ständig. Auf dem Boden meines Zuhauses, der dem Firmament abgewandten, dunklen Seite meiner Welt, kommt es ebenfalls zu ständigen Veränderungen. Plötzlich bildet sich ein Hügel, ein wenig später weicht er einer Vertiefung. Oder es schiebt sich etwas Rundes, Längliches entlang und wölbt den Fußboden auf. Dort passiert in der Tat andauernd etwas. Die Metamorphose meines Erdbodens ist ein alltäglich, doch wunderlich Ding.

Die wuchtigen Beben und Stöße in meiner Jugend hatte ich schon erwähnt. Ich spreche hier vielmehr vom Alltag. Wenn meine Welt erwacht, geht es normalerweise sofort und ziemlich hektisch mit den tagtäglichen Erdbewegungen los. Sie geht hoch und runter, rotiert nach vorne, nach hinten und wogt zu den Seiten. Da ist der Himmel plötzlich einmal unten und dann wieder oben. Meine *Erdmu* macht viele kleine holpernde und schlingernde Bewegungen. Mir scheint fast so, als würde selbst sie regelmäßig Gymnastik betreiben. Plötzlich bleibt sie mehr oder weniger abrupt stehen, sodass mich die Schwerkraft gegen das Firmament zieht und ich gelegentlich, wenn die Erdbewegung zu überstürzt war, gegen das Himmelsgewölbe krache. Daraufhin herrscht für ein Weilchen Ruhe. Meist befindet sich der Himmel oben oder auf einer Seite, generell kann er allerdings überall sein. Wenn ich es recht bedenke, nicht wirklich verwunderlich in einer runden Welt. Eher sollte ich mir die Frage stellen, warum der Himmel nicht öfter einmal nach unten hängt. So etwas nehme ich einfach als normal hin, weil ich es so gewöhnt bin. Was natürlich völlig falsch ist.

Wenn ich mich aber frage, warum mein Firmament nicht öfter einmal abwärts zeigt und ob sich nur mein Universum derart seltsam verhält oder dies in anderen Welten genauso üblich ist, lautet die Antwort wieder einmal: ich weiß es nicht. Da wird mir immer wieder von neuem bewusst, wie ungeheuer beschränkt doch mein Wissen darüber ist, wie die Dinge sich in Wirklichkeit verhalten.

Übi-Party

In aller Regel bewegt sich die Erde mehr, wenn es hell ist. Bei ein oder zwei Gelegenheiten war es jedoch finster, als meine Welt ein Spielball der *Übis* zu werden schien. Blitze zogen damals über den Himmel, die Erde wogte wie wahnsinnig und es herrschten Getöse und ein unvorstellbarer Lärm. Normalerweise machen mir die üblichen Erdbewegungen überhaupt nichts aus.

Sie sind mir zur zweiten Natur geworden. Oft schunkeln sie mich sogar in den Schlaf, so stark ist der beruhigende Einfluss, den sie auf mich ausüben. Vor allem, wenn *Erdmu* für eine ganze Weile gleichmäßig leicht vor sich hin hopst und herumschlingert. Das macht einen ausgesprochen dösig und ich kann dann die Augen kaum aufbehalten.

Bei den wenigen Malen, ich nenne ein solches Vorkommnis seitdem eine „Übi-Party" oder einen „Götterball", wurde mir aber wirklich Angst und Bange. Meine Erde wackelte und hüpfte in erstaunlichem Ausmaße herum – ganz so, als sei die Welt verrückt geworden. Warum diese Wortschöpfungen? Nun, von außerhalb meines Universums drang ein ohrenbetäubender Krach in mein Zuhause, und ich hörte, wie die *Übis* da draußen wild schrien und kreischten. Sie mussten den Verstand verloren haben. Ich glaube, *Erdmu* versuchte sich irgendwie im Rhythmus zu dem Lärm zu bewegen, was ihr meiner Meinung nach aber mehr schlecht als recht gelang. Dabei war es zwar dunkel, doch die Finsternis wurde ständig von weißen Blitzschlägen erhellt.

Mir sind solche Partys verhasst. Der Lärm, die blendenden Explosionen von Licht, eine wie bekloppt herumhopsende Welt, ich sage dir, das bereitet wahre Existenzängste. Da bekomme ich das Gefühl, der Kosmos spinnt und *Erdmu* rastet aus. Ich habe dann Soge, der Himmel könnte mir auf den Kopf fallen. Deshalb bin ich beide Male wie ein Wahnsinniger gegen das Firmament getreten. So lange, bis die Erde sich offensichtlich von dem Götterball wegbewegt hat und wieder Ruhe in meinem Heim eintrat. Mag mir einer Größenwahn vorwerfen, doch ich habe das instinktive Gefühl, dass ich meine Welt dazu bewegen konnte, sich von dem Krach zu entfernen. Vielleicht war es jedes Mal reiner Zufall gewesen, wenn der Lärm und das Erdgehopse aufhörten, nachdem ich meinen Unmut darüber überaus deutlich zum Ausdruck gebracht hatte. Vielleicht auch nicht. Möglicherweise übe ich kleiner Wicht ja einen weit größeren Einfluss auf mein Universum aus, als ich das bisher vermutet habe.

Keine Ruh!

Du kannst dir das vielleicht gar nicht richtig vorstellen, aber absolute, hundertprozentige Ruhe fand ich in meinem Zuhause nie. *Erdmu* ist eine geräuschvolle Welt. Dauernd kann man etwas hören. Vor allem unter dem Boden meines kleinen Heims. Da kracht und knallt und knistert es, es pfeift und rumort, es gluckert und rülpst, es furzt und pocht. Letzteres tut es übrigens die ganze Zeit. Nicht laut, aber ständig. Dum ... dum ... dum. In etwa so. Ich höre es eigentlich gar nicht mehr richtig, so sehr ist es mir schon zur Gewohnheit geworden. Trotzdem ist es da. Der „Urbeat", so nenne ich das Getrommel. Manchmal ist er schneller, manchmal langsamer. Aber meist einfach nur ein cooles, regelmäßiges Dum ... dum ... dum. *This beat gives me the rythmn of my life, man*, und in der Tat würde mir etwas abgehen, wäre das Pochen auf einmal weg. Mit ihm bin ich aufgewachsen und alt geworden. Vom ersten Augenblick meiner Existenz an war es da. Sicherlich schon vorab. Dieser Sound ist etwas ganz Charakteristisches für meine Welt und sicherlich wird sie so weitertrommeln, wenn ich einmal nicht mehr hier sein werde, wenn ich sie verlassen muss.

Und dann – an dieser Stelle muss ich dir gestehen, dass ich ein neugieriger Wicht bin – horche ich ständig in die Welt und noch weiter ins Universum hinaus, und daher weiß ich, sie, meine Erde, das wird dich jetzt sicherlich erstaunen, sie kommuniziert – sie redet. Sie quatscht ausgiebig und lang. Ich kapiere zwar nicht, was sie da so von sich gibt, denn das Erdblabla ist mir ein Leben lang unverständlich geblieben, ich meine allerdings häufig einmal, sie spreche sogar zu mir. Was mir gefällt. Die Töne sind in diesen Fällen sanfter und weicher als sonst. Vielfach legt sich dabei zusätzlich etwas Warmes und Dunkles auf das Himmelsfirmament. Das alles wirkt extrem beruhigend und tut gut. Außerdem fühle ich mich natürlich ganz schön wichtig dabei. Stell dir das einmal vor: Die Erde kommuniziert, sie redet mit mir, dem Zwerg! Das kommt zwar nicht alle Tage vor, doch häufig. In letzter Zeit übrigens immer öfter. Möglicherweise nimmt sie mich jetzt etwas ernster, meine *Erdmu*, nachdem ich groß geworden bin, groß und betagt. In der Zwischenzeit habe ich ja auch so meine Gedanken und

Ideen über das Dasein und die Welt entwickelt und kann, denk ich, schon manchen, nicht mehr ganz unintelligenten Beitrag leisten. Ja, ich bin alt, vielleicht sogar ein wenig weise geworden, zumindest eine kleine Persönlichkeit. Zudem habe ich 'ne Menge erlebt und folglich so meine eigenen Vorstellungen vom Dasein. Deshalb finde ich es insgeheim schon richtig, wenn *Erdmu* mich heute für voll nimmt. Trotzdem schmeichelt es mir.

Die meiste Zeit redet sie jedoch entweder mit sich selber oder mit irgendwelchen *Übis* draußen im Weltraum. Von denen scheint es übrigens jede Menge zu geben. Ein paar von ihnen höre ich immer wieder. Es gibt zwei mit helleren Stimmen, die erkenne ich inzwischen und kann sie auseinanderhalten. Diese beiden und *Erdmu* quasseln ungeheuer oft und viel miteinander.

Und dann gibt es da noch einen weiteren *Übi* mit einer dunkleren, sonoren Stimme, der mir furchtbar sympathisch ist. Ich glaube, er mag mich. Er redet zwar viel weniger, doch manchmal legt er ebenfalls etwas Warmes und Dunkles auf das Himmelsgewölbe, wenn er zu mir spricht. Das finde ich ausgesprochen angenehm.

Der saugende Finger des Übi

Es wird langsam Zeit, über das Erwachsenenalter zu berichten, also über die Ära der Erkenntnis, der Selbst- wie auch der Gotterkenntnis. Das Ende meiner Jugend und der Übergang in diese neue Phase meines Lebens wurden durch ein Erlebnis markiert, welches mir unvergesslich geblieben ist. Seitdem glaube ich nicht nur, sondern ich weiß von den Mächten da draußen im Universum – von der Welt der *Übis*. Denn eines Morgens spürte ich höchstpersönlich den Finger eines Außerirdischen in meinem Zuhause. Er war von einem Moment auf den anderen aufgetaucht.

An diesem Tag schlug ich die Augen auf und wusste sofort, dass irgendetwas nicht stimmte. Mich hatte eine Unruhe, eine Art Vorahnung erfasst. Gleich würde etwas Schreckliches passieren.

Die Erde lag still, der Himmel zeigte nach oben. Plötzlich wurde das Gewölbe über mir leicht eingedrückt und dieses feine Vibrieren setzte ein, das mir schon in meiner Kindheit, als ich fast gestorben wäre, so zu schaffen gemacht hatte. Wie damals fand mich der Bannstrahl und wieder machte ich mir vor Angst ans Knie. In meiner Brust fing es zu pochen an, nicht unähnlich dem Urbeat von *Erdmu*, nur viel, viel schneller und panischer. Wie beim ersten Mal versuchte ich, dem Strahl zu entkommen, doch auch jetzt verfolgte er mich. Mein Zuhause ist nicht groß und es gibt keinen Ort, an dem ich mich hätte verstecken können. Ich zischte also von der einen Seite zur anderen, vergebens. Und dann, mit einem Mal, steckte der Finger des *Übi* mitten in meiner Welt. Groß, lang, dürr und grausam ragte er in mein Heim hinein. Ich stieß kurz daran, als ich versuchte, zur anderen Seite zu huschen, und die Empfindung bei der Berührung werde ich nie vergessen. Dünn, eiskalt, super hart und glatt, unnatürlich, ja, unmenschlich fühlte er sich an.

So etwas musste ich – den *Übis* sei Dank – nie wieder spüren. Dabei hatte ich seinerzeit furchtbares Glück gehabt, denn fast hätte mich das außerirdische Teil aufgespießt. Sein Ende ist außergewöhnlich spitz und unvorstellbar scharf. Es drang in meinem Heim genau an der Stelle ein, an der ich gerade vorbeiflutschte, schoss neben meinem Rumpf hoch, berührte mich kurz am Brustkorb und ich konnte gerade noch reflexartig meinen Arm hochreißen, da fuhr es schon an mir vorbei und rasierte ein paar von den gerade erst gewachsenen Haaren an meinem Oberarm ab. Beinahe hätte es mich erwischt. Unglaublich. Ich drückte mich verschreckt in eine Seite meines Heims und lutschte heftig am Daumen, eine sehr beruhigende Tätigkeit, die ich kurz zuvor erst erlernt hatte. Der kalte Finger des *Übi* verharrte für einen kurzen Moment an der Stelle, an der er in meine Welt eingetreten war und saugte geräuschvoll – du wirst es mir kaum glauben wollen – etwas Flüssigkeit aus ihr ab. Darauf verschwand er genauso schnell, wie er gekommen war.

Mir saß der Schreck noch eine ganze Weile in den Gliedern und sogar *Erdmu* schien die Sache reichlich mitgenommen zu haben, denn für eine ganze Weile bewegte sie sich nur ganz, ganz sachte.

Seitdem bin ich mir absolut sicher, dass es diese *Übis* gibt. Selbst dieser unangenehme Bannstrahl ist höchstwahrscheinlich ihr Werk. Und es gibt ganz offensichtlich böse unter ihnen. Anders kann ich mir eine solche Tat nicht erklären. In meinen Albträumen sehe ich sie manchmal: Groß sind sie und hell und sie besitzen lange, kalte, unmenschliche und seltsam saugende Finger. Ich habe mich häufig gefragt, warum *Erdmu* dies mit sich machen ließ und kam zu dem einzig möglichen Schluss: Diese hellen *Übis* mussten irgendeine Macht, einen Zauber auf sie ausüben.

***

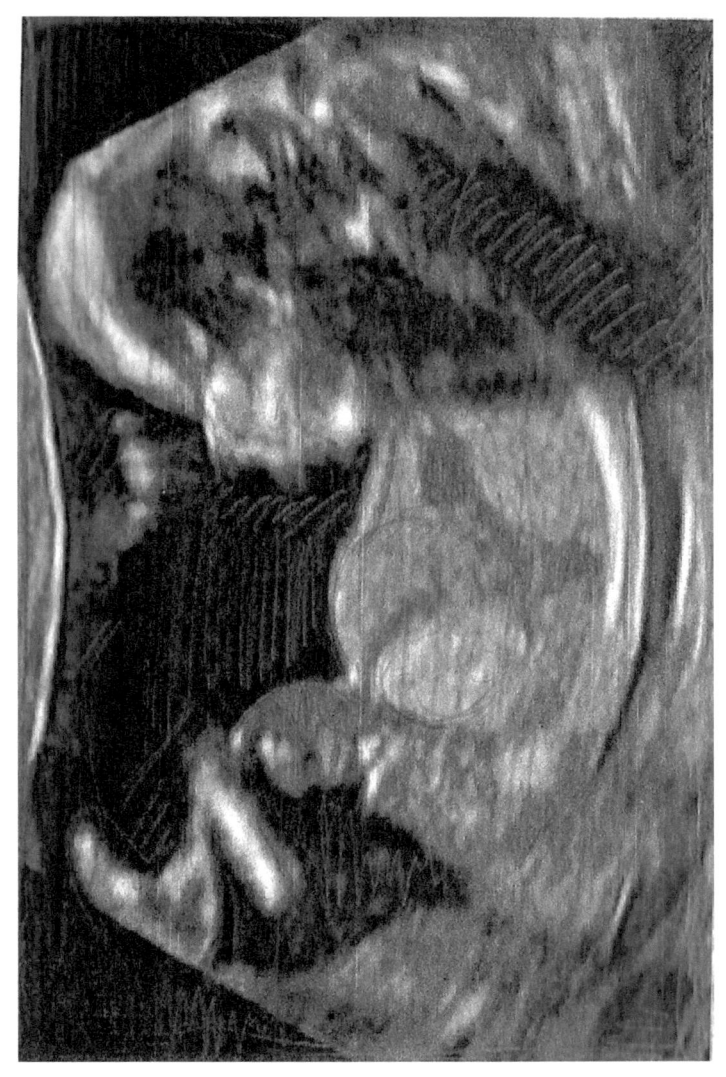

5

Haarwuchs

Mit dem Eintritt ins Erwachsenenalter sprossen bei mir die ersten Härchen. Ich sag dir, ein komisches Gefühl ist es ja schon, mit einem Mal Pelz zu tragen. Doch nicht unangenehm. Ein Zeichen des Großwerdens, dachte ich und war eine Weile lang richtiggehend stolz darauf. Aber da wusste ich auch noch nicht, dass mir die Haare am Ende meines Lebens alle wieder ausfallen würden – bis auf die paar Strähnchen auf dem Kopf. Wer hätte damals schon daran gedacht, dass man im Alter wieder so kahl werden würde wie in der zarten Jugend?

Rückblickend gebe ich einer Klimaänderung die Schuld für den Haarwuchs, denn die Erdtemperatur begann kontinuierlich abzunehmen. Wie ich dir ja schon berichtet habe, dehnt sich mein Universum aus und je größer der Himmel, desto kälter wurde es in meinem Heim. Im so genannten Weltraum, außerhalb von *Erdmu*, dürfte es damit wesentlich kühler als bei mir hier sein und in Folge ist mein Zuhause mit der wachsenden Oberfläche dann diesen Außentemperaturen immer stärker ausgesetzt gewesen.

Dieser Theorie widerspricht zwar der senile Haarausfall, andererseits war ich, solange ich Pelz trug, wesentlich schlanker und ranker als heute im Alter und damit natürlich weitaus anfälliger gegen Kälteeinbrüche.

Das ist ja eben die Crux mit all diesen Theorien. Sie mögen zwar vieles erklären, doch jede Menge Fragen bleiben weiterhin offen und unbeantwortet. Im Endeffekt weiß man also nie wirklich, ob man mit ihnen überhaupt richtig liegt. Denn eigentlich sind sie nichts anderes als bessere Vermutungen. Begriffe wie Theorie oder gar Hypothese klingen aber nun mal viel imposanter!

Eins dürfte allerdings sicher sein: Da draußen im Weltall würde es ein normaler Mensch wie ich ohne eine künstliche Wärmequelle nicht auf Dauer aushalten. Da bräuchte es dann schon eine Art Raumanzug.

Das Lutschen

In die erste Zeit meines Erwachsenendaseins fallen auch die Schmerzen in meinen Armen und Beinen, die bis dahin eher weichen, unförmigen Anhängseln geglichen hatten. Hier begannen sich mit einem Mal Knochen zu bilden und nach Kurzem konnte ich diese Ausstülpungen bewegen, die bis dahin mehr oder weniger nutzlos und wabbelig an mir heruntergehangen waren; anfangs zwar noch recht unbeholfen, über die Zeit hinweg, glaub das mir, aber mit mehr und mehr Raffinesse. Schon recht bald entdeckte ich die Fähigkeit, eine Hand zu meinem Kopf zu bewegen, um mir dann den größten Finger davon in den Mund zu stecken. Das Daumenlutschen ist innerhalb kürzester Zeit nicht nur ein Hobby, sondern eine große Leidenschaft, ja, richtiggehend eine Sucht geworden. Es wirkt beruhigend und anregend in gleichen Maßen.

Findest du es nicht auch höchst interessant, wie mir das Schlotzen am dicksten meiner Finger mehr oder wenig völlig automatisch gelang, während es im Vergleich dazu eine halbe Ewigkeit gedauert hatte, bis ich endlich die Hand gezielt zum Mund manövrieren konnte? Lange Zeit fuchtelte ich hemmungslos, unkoordiniert und wild mit den Armen in der Gegend herum und haute mir dabei unabsichtlich auf die Nase, steckte mir einen Finger ins Auge oder krallte mich am Ohr fest, ohne über dieses neue Glied irgendeine Kontrolle zu besitzen. Doch als sich rein durch Zufall dann beim Herumfahren meines Armes ein Daumen in meinem Mund verirrte, saugten sich meine Lippen mit einer Gewieftheit und einem Talent daran fest, die mich völlig verblüfften. Mein Körper wusste anscheinend ganz von selbst, was hier zu tun war. Dabei ist Daumenlutschen, soweit ich das bis heute beurteilen kann, eine völlig sinnlose Aktivität. Außer mein Körper meint, aus dem

Finger könnte – wie bei dem *Übi*-Teil – etwas abgesaugt werden. Nach dem Motto: wo was reingeht, könnte ja auch was rauskommen. Der Suchtcharakter dagegen ist beachtlich. Da wächst in mir ein Verlangen, eine Art „Hunger" nach immer mehr. Ein Gefühl, welches ich nicht recht verstehe. Das kenne ich sonst gar nicht an mir.

Der Mensch ist schon eine eigenartige Kreatur! Warum muss ich mich so anstrengen und abmühen, bis bestimmte Dinge gelingen, wie mir beispielsweise die Finger in den Mund zu stecken, während andere wiederum wie Saugen und Lutschen ganz automatisch ablaufen? Vieles in diesem Leben ergibt einfach, ich habe das, meine ich, schon einmal erwähnt, keinen rechten Sinn.

Es existiert übrigens noch eine weitere Ausstülpung. Sie befindet sich zwischen meinen Beinen und scheint ein vollkommen nutzloses Körperteil zu sein. Außer vielleicht, dass ich an seinem Ende durch eine fast nicht bemerkbare Öffnung immer wieder Flüssigkeit ausstoße. Keine Ahnung, was es mit diesem Anhängsel auf sich hat. Ein weiteres Mysterium. Im hohen Alter schwillt dieser Appendix jetzt hin und wieder einmal schmerzhaft an. Könnt ich, ich wäre versucht ihn einfach abzuschneiden. Immer nach dem Motto: Weg mit all dem sinnlosen Zeug, das keiner braucht!

Der alte Schlürf

Lasse ich Wasser, geschieht dies in ein Medium hinein, das ich – wer weiß, wie meine Wenigkeit überhaupt auf diesen Namen kam – den alten „Schlürf" oder die Ursuppe nenne. „Alt" oder „Ur", weil die Flüssigkeit von Anbeginn da war. Aus dieser Brühe scheint alles Leben entstanden zu sein. Meine Welt ist bis oben hin mit ihr gefüllt. Ich wohne sozusagen *down under*, hause in meiner Suppe.

Und auf das Wort „Schlürf" kam ich, weil ich nicht nur darin schwimme, sondern dieses Lebenselixier auch trinke.

Übrigens, eine meiner geistreicheren Hypothesen zur Ausdehnung des Universums gibt einer potenziell gefährlichen Volumenzunahme die Schuld. Denn wenn ich andauernd Flüssigkeit lasse, vermehrt das natürlich den Gehalt an Ursuppe, was wiederum den Druck auf die Erdkugel erhöht, die daraufhin zwangsläufig anschwellen muss. Da ich dies für eine meiner schlüssigeren Theorien halte, bin ich ziemlich überzeugt davon, mit ihr im Endeffekt Recht zu behalten. Deshalb habe ich das von mir gelassene Wasser einfach „URsuppen-INhaltsvermehrung" oder kurz „UR-IN" getauft.

Schlaues Kerlchen, der ich nun mal bin, habe ich mich gefragt, wohin das mit dem ganzen Ur-in und der wachsenden Erdausdehnung auf die Dauer führen könnte. Ich meine, eine endlose Expansion des Universums dürfte nicht möglich sein. Mit zunehmendem Alter wird weiterhin immer offensichtlicher, wie *Erdmu* hier langsam an die Grenzen des ihr Machbaren stößt. Doch was passiert am Ende? Mir gehen immer wieder schreckliche Szenarien durch den Kopf, beispielsweise die „Urknall"-Theorie, auch „BIG BANG" genannt. Dazu brauche ich dir wirklich nicht mehr viel zu erklären, der Name sagt eigentlich schon alles.

Bedeutet aber *„the big B"* das Ende meiner Welt, das Ende von mir, von allem Alten? Vielleicht aber auch den Anfang von etwas ganz Neuem? Beginnt und endet alles mit einer großen Entladung? Wieder einmal weiß ich es nicht.

Weil mir die Urknalltheorie nach ihrer Entdeckung einiges Kopfzerbrechen und echte existenzielle Ängste bereitet hatte, suchte ich eine Zeit lang nach Möglichkeiten, wie ich mich diesem recht explosiven Ende entziehen könnte, und kam dann auf die, wie ich damals noch dachte, absolut glorreiche Idee, ich müsste ja nur vermehrt Ursuppe und Ur-in schlucken, um den Volumenzuwachs zu stoppen, sozusagen als Erdtherapeutikum, nach dem Motto *„save the earth"* – im Endeffekt als eine Art Ur-in-Therapie. So schlürfte ich eine Weile lang Tag für Tag wie ein Wahnsinniger das Gebräu.

Nur hatte ich bei der Ur-in-Therapie weder den plötzlichen Drang bedacht, vermehrt Wasser lassen zu müssen, noch den Zuwachs des eigenen Körperumfangs. Die Erdausdehnung hat sich dadurch also höchstens geringfügig verzögern, auf Dauer jedoch nicht verhindern lassen.

Völlig nutzlos war die Angelegenheit dennoch nicht gewesen. Denn während dieses Versuches lernte ich meinen Geschmackssinn kennen. Anfangs nur rudimentär, gelang es mir über die Zeit hinweg, immer feinere Nuancen in der Brühe zu differenzieren. Während ich also in meiner Ursuppe so dahin plantschte, begann ich sie gleichzeitig abzuschmecken. Sie hat einen Grundgeschmack, den ich erst einmal als neutral oder auch erdig bezeichnen möchte. Dann gibt es Variationen dazu. Manchmal gerät sie etwas salziger, ein andermal ist sie bitter, süß oder sauer. Es gibt ungewöhnliche Mischungen, wobei ich die einen für gelungener halte, in diesen Fällen ist es ein richtiges Vergnügen, Ursuppe zu schlürfen, in anderen Fällen ist plötzlich ein bitterer oder übler Beigeschmack vorhanden oder sie scheint mir eine Spur versalzen. Dann verziehe ich das Gesicht und halte besser meinen Mund.

Natürlich habe ich darüber nachgedacht, woher diese verschiedenen Geschmacksrichtungen stammen könnten und bin zu der einzig möglichen Schlussfolgerung gekommen: der Ur-in muss dafür verantwortlich sein. Es gibt nämlich nur einen klitzekleinen Zugang, nur ein einziges, verstecktes, winziges Loch in meinem übersichtlichen Zuhause, aus dem in regelmäßigen Abständen etwas herauskommt. Ich kenne in der Zwischenzeit ja jedes Detail in meinem Zuhause und kann dir deshalb versichern, dass es neben der Öffnung in dem kleinen Anhängsel zwischen meinen Beinen keinen weiteren Zulauf hier gibt. Weil diese Flüssigkeit aber ursprünglich aus meinem Inneren kommt – ich darf dich vielleicht mal kurz an dieser Stelle auf die clevere Mehrdeutigkeit des Begriffs „Ur-in" hinweisen – dürfte ich im Endeffekt selber für die unterschiedlichen Nuancen der Suppe verantwortlich sein. Doch warum schmeckt mein Ur-in dann manchmal süß, sauer oder bitter? Gibt es Zustände in mir, die mit den Geschmäckern korrelieren?

Es stellte sich mir also die Frage, ob ich nicht hin und wieder süß, dann bitter und zu anderen Zeiten sauer reagiere. Und wenn ich es recht bedenke, gibt es das schon. Ab und zu bin ich richtig süß! Da geht es mir gut, ich fühle mich wohl, bin zufrieden und entspannt. Ich sag dir, süß zu sein, ist eine Wonne.

An anderen Tagen war ich aber auch schon mal sauer. Und bin es heute noch. Hier verziehe ich das Gesicht, als wäre mir saure Suppe in den Schlund geraten. Ich leide unter schlechter Laune, vieles passt mir dann nicht, ich fühle mich irritiert. Beispielsweise bei den *Übi*-Partys wurde ich richtiggehend sauer.

Selbst manch bittere Zeit gab es. Wie in den Tagen, als ich keine Saltos mehr machen konnte. Das war bitter. Sogar hier reagiert meine Gesichtsmuskulatur; ich merke dann, wie ich die Kiefer zusammenbeiße, wie sich mein Gesicht verspannt, alles härter wird.

Tja, und manchmal fühle ich seltsame Regungen in mir, ein Phänomen, das ich nicht recht zu erklären vermag, das mich aber an einen bestimmten Geschmack meiner Suppe erinnert, der allerdings nur ganz selten auftritt: da fühle ich mich so richtig scharf.

Geschmäcker und Gefühle scheinen somit auf komische Weise Gemeinsamkeiten aufzuweisen, indem ich bei einem sauren Geschmack ganz ähnlich reagiere, wie wenn ich sauer bin. Natürlich drängte sich mir sofort die Frage auf, ob nun der Ur-in sauer oder süß schmeckt, wenn ich sauer oder süß bin. Ich habe dies bisher noch nicht zufriedenstellend klären können. Manchmal scheint es in der Tat so, als ob mein Gefühlsleben mit dem Geschmack meiner Suppe irgendwie einhergeht. Doch dann gibt es Tage, da bin ich mir nicht sicher und an anderen kann ich überhaupt keine Übereinstimmung zwischen dem Ur-in und meinem Innenleben erkennen.

Das Bauchgefühl

Vielleicht hat das ja mit der Schnur zu tun, in der ich mich während meiner Saltos immer wieder einmal verheddert habe und die ganz lose in meinem Zuhause treibt. Diese Leine bindet mich an meine *Erdmu* in weit größerem Ausmaß, als das von einem so locker herumhängenden Ding zu erwarten wäre. Sie ist auf der einen Seite am Boden meines Zuhauses befestigt, bei mir am Bauchnabel. Narzisstisch veranlagt, wie ich nun einmal bin, nenne ich sie nicht Erdleine, sondern Nabelschnur. Dafür gibt es noch einen weiteren Grund. Sie fühlt sich eher wie ein Schlauch an und in diesem fließt etwas. Wenn ich ihn anfasse, ist er ganz warm und es pocht darin. Ganz ähnlich wie in meinem Busen. Daher dürfte die Leine in der Tat ein Teil von mir sein. *Erdmu* pumpert ja auch, indes anders. Weil ich aber ein Stück von ihr bin, ist der Schlauch im Endeffekt natürlich wie ich ein Erdteil. Man könnte sich über solche Kleinigkeiten streiten, doch das wären wirklich Haarspaltereien.

Wichtig ist mir die innige Verbundenheit, die ich durch diesen Schlauch mit *Erdmu* empfinde. Ich spüre die Welt nicht nur um mich herum, sondern sie pulsiert auch tief in mir. Diese Verbindung lässt mich manche Dinge spüren, die ich nicht erklären kann. In meinem Innersten existiert beispielsweise das intuitive Wissen, dass meine *Erdmu* sich um mich kümmert, sich um mich sorgt, mich nährt.

Es besteht somit eine geheimnisvolle Verständigung zwischen uns. Obwohl ich ein denkendes, unabhängiges Wesen zu sein scheine, ein Mensch mit seinen eigenen Ansichten, Meinungen und Gefühlen, ein Individuum also, das die Welt betrachtet und beobachtet und durch einfaches Reflektieren und Nachdenken zu tieferen Ansichten über die *Übis*, die Erde, das Universum und das eigene Sein gelangt ist, habe ich manchmal so ein Gefühl im Bauch, das sich der intellektuellen Betrachtungsweise vollkommen entzieht und für das ich keine andere Erklärung finde, als dass *Erdmu* mit mir kommuniziert. Dieser Informationstransfer ist ein gänzlich anderer, als wenn sie mit mir redet, beziehungsweise mit mir zu reden versucht. Dies wäre ja dann ein intellektueller Austausch zwischen uns beiden oder besser der Versuch desselben, der aber leider abstrakt bleiben muss, weil ich ihre Sprache nicht verstehe.

Nein, was ich da fühle, tief in meinem Bauch verspüre, ist eine Verbundenheit mit der Natur, die ich nicht zu erklären vermag. Aber wenn ich es nur zulasse, wenn ich zur Ruhe komme und tief in mich hineinhöre, spüre ich die Erde, die Welt, das ganze Universum tief in mir. An manchen Tagen fühlen sie sich gut an, an anderen schlechter.

Dies in meiner Körpermitte zu empfinden, ist für mich Beweis genug. Beweis, dass diese Nabelschnur sogar Emotionen übermittelt. Während ich also anscheinend mit meinem Kopf über die Welt ins Grübeln komme, fühle ich meine *Erdmu* unten in der Nabelgegend. Das ist dann das berüchtigte „Gespür im Bauch".

Und vielleicht magst du mir es als Häresie auslegen, doch ich meine, an manchen Tagen über diesen Schlauch spüren zu können, wie auch *Erdmu* ihre Launen hat und selbst sie hin und wieder richtiggehend sauer werden kann.

Ein Muskelprotz mit fettigem Haar

In der Mitte meiner Erwachsenenjahre begannen mir neben dem dann schon recht fülligen Pelz Härchen auf dem Kopf zu wachsen. Als mir ersterer im hohen Alter wieder ausging, fragte ich mich manchmal, ob meinem Haupthaar nicht ein ähnliches Schicksal bevorstünde, und wenn dem so sei, wie lange ich meine Kopfbedeckung noch behalten dürfte. Denn ich fände es wirklich sehr schön, wenn ich wenigstens ein paar Strähnchen in mein nächstes Leben mit hinüberretten könnte, um so meinem Schöpfer nicht völlig kahl gegenüberzustehen. Und man scheint mich erhört zu haben.

Zudem habe ich jetzt diese beiden komischen Stellen über den Augen, an denen mir auch Haare gewachsen sind. Keine Ahnung, was es mit diesen auf sich hat. Möglicherweise werden sie eines Tages lang genug sein, um mich vor den Blicken manch böser *Übis* zu schützen.

Zur selben Zeit wurde ich, sicherlich durch die viele Aktivität, immer kräftiger und muskulöser. War ich bis dahin ein arg magerer Wicht gewesen, der problemlos spüren konnte, wie ihm die Knochen unter der dünnen, glatten Haut wuchsen, ertastete ich jetzt mehr und mehr Muskelwölbungen unter der nun haarigen Oberfläche. Damals war die Welt, obwohl ich weiterhin mit rasanter Geschwindigkeit wuchs, noch richtig groß, und fit wie ich dann war, gelangen mir endlich all diese Saltos, von denen ich in meiner Jugend nur hatte träumen können. Anfangs war es wirklich großartig, diese körperlichen Möglichkeiten voll auszuschöpfen.

Doch während mein Pelz zu Beginn noch so locker in der Ursuppe trieb, dass sich die Haare aufstellten und sie manch hübschen Wirbel auf meiner Haut bildeten, fing ich irgendwann auf komische Weise zu transpirieren an. Ich begann eine Art Schmiere abzusondern. Erstmal dachte ich mir nicht viel dabei, als meine Zotten allerdings immer fettiger wurden, und meine Haarpracht immer mehr verklebte, war ich für ein Weilchen ernsthaft besorgt. Nicht nur über mein Aussehen. Ich hatte mich ja gerade erst daran gewöhnt, behaart zu sein und war überzeugt gewesen, dies sei ein Zeichen meiner Weiterentwicklung, meiner Menschwerdung. Schon richtiggehend stolz und ein wenig eingebildet, wie schön sich meine Haare nun anfühlten, pappte mir dann auf einmal das Fell zusammen, und statt des bis dahin leicht kribbeligen Gefühls war jetzt ein deutlich pomadiges vorhanden, wenn ich mit den Händen über meine zunehmenden Körperrundungen fuhr. Da habe ich mich zu Beginn sogar ein wenig vor mir selbst geekelt und für kurze Zeit fragte ich mich, ob ich nicht unter einer komischen Hautkrankheit leide, einer, bei der zu viel Körperschmiere produziert wird. Aber ansonsten war ich ja pumperlgesund und fühlte mich – bis auf die fettige Haut – sehr wohl. Tief in mich hineinhörend konnte ich zudem weder bei mir noch bei *Erdmu* irgendetwas Morbides spüren, und somit nahm ich nach einer Weile die Veränderungen meiner Haut als etwas vom Schicksal Gegebenes hin und gewöhnte mich daran. Die Schmiere ist zwar nicht besonders schön, aber sie hat ihre praktischen Seiten. Schlüpfrig wie ich von nun an war, flutsche ich in meinem Zuhause wesentlich besser hin und her als früher. Auf meine Saltoaktivität hatte dies, wie du dir leicht vorstellen kannst, unglaubliche Auswirkungen. Weiterhin besitzt sie offensichtlich einen gewissen wärmedämmenden Effekt.

Eines der wenigen Dinge, die ich in meinem kurzen Leben wirklich gelernt habe, ist, auf Äußerlichkeiten keinen allzu großen Wert zu legen. Blicke ich zurück, dann war ich mal klein, mal groß, erst schlank, danach muskelbepackt und später fett; zu Beginn weiterhin schön runzelig, am Ende aber glatthäutig und über lange Zeit behaart. Und das alles mit und ohne Pomade. Mein Aussehen hat sich ständig verändert, es unterlag – nicht unähnlich meinem Fußboden – dem Lauf der Dinge, der andauernden Metamorphose des Seins.

***

6

Die Kopfarbeit

Mit dem Eintritt ins Erwachsenenalter fing ich so richtig zu denken, meinen Verstand zu gebrauchen und in der Folge natürlich auch ein wenig zu philosophieren an. Vieles zuvor war Instinkt, Spielerei und dieses nicht ganz deutbare Gefühl in meinem Bauch gewesen. Über die Dummheit der Jugend habe ich mich ja schon genug ausgelassen.

An die Memos und an dich, mein Freund, überhaupt gedacht zu haben, ist schon eine an sich recht fragwürdige intellektuelle Leistung. Ihr bleibt ja nach wie vor ein reichlich abstraktes Konzept, hinter dem sich eigentlich nur mein heimlicher Wunsch verbergen kann, es könne da doch noch jemanden geben, der sich für mich interessiert. Doch hier auf Erden gibt's nur einen, nämlich mich.

Der Begriff „Erinnerungen" täte es zudem vollauf und wäre in Wirklichkeit viel treffender, wenn man einmal die philo- und theosophische Vorschau sowie den heimlichen Wunsch nach einem Interessenten beiseitelässt, klingt aber halt lange nicht so gut. Doch warum überhaupt diesen „Rück- mit Vorblick"?

Gäbe es nicht alle möglichen schlauen Rechtfertigungen, könnte ich nur noch die Zeit anführen. Ich habe ganz einfach die Muse für eine solche Selbstbeschau. In dem reifen Alter, in dem ich heute über meinen Memoiren hocke, habe ich nicht mehr viel anderes zu tun. Die agilen Tage sind längst vorbei, ich bin alt und fett geworden, die Welt furchtbar klein. „Rück- mit Vorblick", das kann – wenn ich es mir nur eingestehe – eigentlich nur einem einfallen, der wie ich die meiste Zeit jetzt dumm und stumm auf dem Kopf herum-„steht".

A b dieser Zeit konnte ich dann aber wenigstens gut hören. In meiner Jugend fast taub und selbst in der Adoleszenz noch ziemlich schwerhörig, erfreute ich mich in der zweiten Hälfte meines Daseins eines immer schärferen, zunehmend feiner werdenden Gehörs und damit der Möglichkeit, nicht nur *Erdmus* tagtägliche Geräuschkulisse besser zu vernehmen, sondern auch hinaus in das Universum zu horchen, um mehr über die Welt der *Übis* zu erfahren. Und während mir deren besagten Partys stets verhasst geblieben sind, liebe ich die außerirdischen Sphärentöne, die manchmal in derart sanfter und harmonischer Folge kommen und meine Brust und meinem Bauch in so wohliges Vibrieren versetzen, dass mir dabei ganz anders wird. Ich kann mir überhaupt nicht vorstellen, wie die *Übis* das machen, und habe sie irgendwann „außerirdische Sphärentonfolgen" oder kurz „Au-SToF´s" getauft.

Es gibt zwar weniger melodische und stilvolle Austof´s, und vieles ist sicherlich Geschmackssache, doch hin und wieder sind diese Kompositionen ungeheuerlich köstlich, bisweilen sind sie einfach nur göttlich gut.

Auch hier spielt er also wieder eine Rolle, mein Geschmack. Manche Austof´s machen mich ganz süß. Beim Zuhören liege ich dabei entspannt in meinem Heim und bin zufrieden mit mir und der Welt. Wie nach süßer Suppe! Besser noch, denn Suppe ist ja eher bieder, gehört sie doch zum Alltäglichen. Sie ist ein Teil meiner Welt. Die Sphärentöne dagegen sind etwas wirklich Extraterrestrisches.

Erdmu, die oftmals ausgiebig und viel redet, hummt und brummt manchmal wohlgefällig – wie es mir scheint – zu diesen oftmals fantastischen Klängen. Dann wogt sie hin und her und schlackert ein wenig herum. Sie selbst scheint jedoch nicht in der Lage zu sein, so schöne Austof's hervorzuzaubern.

Allerdings sollte ich nicht lästern. Ich habe tagelang versucht, nur einen einzigen Ton von mir zu geben. Es war vergebliche Müh. Ich habe an den verschiedensten Körperteilen gedrückt und gequetscht, mich an der Nase, an den Ohren und an den Haaren gezogen, bis ich vor Schmerzen hätte aufschreien können, habe wie ein Verrückter am Daumen gelutscht, den Rachen ganz weit aufgesperrt, einen riesigen Schluck Suppe genommen und für eine halbe Ewigkeit im Mund behalten, bevor ich ihn möglichst geräuschvoll wieder ausspucken wollte. Nichts, einfach nichts geschah. Ich bin stumm geblieben und bis heute habe ich keine Ahnung, wie ich einen Ton aus mir herausbekommen soll. Irgendwann habe ich es dann aufgegeben. Damals nahm ich mir aber fest vor, sollte ich jemals in der Lage sein, Geräusche zu produzieren, würde ich dies ausgiebig tun und all das nachholen, was mir bis heute versagt geblieben ist. Jetzt, im hohen Alter, muss ich jedoch einsehen, dass ich – anders als mit dem Hören – das Erzeugen von Tönen und damit das Reden in meinem jetzigen Leben nicht mehr erlernen werde. In diesem Fall kann ich – wie so oft – nur auf eine zukünftige Reinkarnation hoffen. Vielleicht wird mir das Sprechen dann erlaubt sein.

Doch wenn ich ganz ehrlich bin, habe ich es bisher nie gebraucht. Es gab niemanden in meiner Welt, mit dem ich hätte plauschen können und für meine inneren Dialoge, für das Denken und Philosophieren, war das gesprochene Wort ja nie notwendig gewesen.

In der Welt der *Übis* dagegen ist Reden offensichtlich von großem Nutzen. Denn die teilen sich – soweit ich das beurteilen kann – auf diese Weise gegenseitig mit. Sie versuchen ja selbst mit mir zu reden und ich wüsste wirklich zu gerne, was sie so zu sagen haben. Sicherlich nur absolut Göttliches.

Da auch *Erdmu* redet, rang ich mich irgendwann zu dem Schluss durch, sie müsse nicht nur mein Zuhause, meine Welt und Teil meines Universums, sondern im Grunde ein göttliches Wesen sein. Und zwar nicht nur irgendeines, sondern meines. Sie ist meine *Übine*, meine Thea.

Überirdische Gefühlsausbrüche

Mein berüchtigtes Bauchgefühl lässt mich alle naslang spüren, was *Erdmu* fühlt, ja, was sie für gut und was sie für schlecht hält. Wie beispielsweise bei der Musik.

Oftmals bekomme ich somit eine Art Ahnung, was ihr gefallen könnte und was nicht. Findet sie die Austof´s entzückend, schunkelt *Erdmu* und sie fühlt sich süß und entspannt, ja, richtig gut drauf an. Dass ich dies dann in meiner Bauchgegend spüre, hat ganz sicher mit der Nabelschnur zu tun, über die wir so innig miteinander verbunden sind. Über *Erdmus* Geschmack lässt sich aber sicherlich streiten, und so unter uns, wenn ich einmal ganz ehrlich sein darf, besonders musikalisch finde ich meine Welt nicht. In vielen Dingen gehen wir zwar konform, manchmal verstehe ich sie und die *Übis* hingegen nicht. Die mögen Zeug, da kommt mir das reinste Grausen. Doch in ihrer großen Weisheit werden sie schon wissen, was sie tun und deshalb versuche ich nur, wenn ich es absolut nicht mehr ertragen kann, *Erdmu* mit ein paar gezielten Fußtritten wissen zu lassen, dass mir etwas nicht passt.

Meine innige Verbundenheit mit der Natur und meiner *Erdmu* lässt mich neben ihrem Musikgeschmack viele andere Dinge erahnen. Zum Beispiel glaube ich in meinem Bauch spüren zu können, wenn sie glücklich oder traurig ist, wenn sie beunruhigt wirkt oder sich Sorgen macht, wenn sie süß ist und sauer oder sogar scharf. Über die Zeit hinweg musste ich dabei erkennen, wie abhängig ich von ihrer Gemütslage bin. Nicht so sehr von kurzen Gefühlsausbrüchen. Diese verkrafte ich ganz gut, obwohl ich an dieser Stelle schon einmal meine Verwunderung darüber äußern muss, wie erstaunlich launisch solch ein mächtiges Wesen sein kann.

Ist *Erdmu* indessen eine ganze Weile sauer, reagiere auch ich irritiert und gereizt. Ist sie dagegen eine Zeit lang recht glücklich oder süß, fühle ich mich gut, bin eher zufrieden und kann sogar mal etwas länger die laute Dum-Dum-Musik ertragen, die sie sich hin und wieder gibt.

Einmal gab es eine Phase, in der fühlte sie sich ganz bitter und traurig an. Ehrlich, das hat mir wirklich zu schaffen gemacht! Während der ganzen Zeit war ich total antriebslos und konnte mich zu nichts mehr aufraffen. In diesen Tagen kam einfach keine Freude mehr auf. Wirkliche Sorgen um meinen Zustand begann ich mir zu machen, als ich plötzlich selbst zum Daumenlutschen keine Lust mehr verspürte. Es war so, als ob sich etwas Düsteres über mich gestülpt hätte. Normalerweise liebe ich die Dunkelheit, hingegen war mir diese dann gar nicht geheuer. Sie schien alle Gefühle aus mir herauszusaugen, da war kein Pep, kein Geschmack mehr in mir und ich bin überzeugt, hätte ich die Suppe probiert – wozu ich während dieser Zeit weder Lust noch Gusto hatte – sie hätte, wenn nicht bitter, sicherlich fad und abgestanden geschmeckt. Ich war heilfroh, als sich dieser Zustand meiner *Erdmu* endlich legte und wieder eine gewisse Normalität in meinem Zuhause eintrat.

Ja, es ist schon wirklich ein wenig erstaunlich, wie unausgeglichen die Welt und die *Übis* sein können. Man sollte meinen, sie seien über die Dinge erhaben. Doch weit gefehlt!

Beispielsweise mag ich es überhaupt nicht, wenn *Erdmu* und der *Übi* mit der sonoren Stimme, der immer sehr nett zu mir ist, aneinandergeraten. Glücklicherweise passiert das äußerst selten. Denn währenddessen fühle ich mich jedes Mal gar nicht wohl in meiner Haut. Dabei verstehe ich nicht recht, warum mir das so nahe geht. Wahrscheinlich dringen selbst hier wieder Gefühle über die Nabelschnur zu mir durch. Was allerdings nur bedeuten kann, dass auch *Erdmu* die Streiterei nicht angenehm findet. Doch, warum zankt sie sich dann überhaupt?

Nach solch einer verbalen Auseinandersetzung versöhnen sich aber der *Übi* mit der volltönenden Stimme und *Erdmu* meist recht bald wieder, was mich immer sehr beruhigt, selbst wenn diese Aussöhnungen oftmals eine recht holprige Angelegenheit sein können. Dabei kommt es nämlich verstärkt zu Erdbewegungen und selbst mein Himmel wird an solchen Tagen schon mal kräftig eingedellt. Die Erde und der *Übi* stoßen offensichtlich gegen-einander und reiben sich aneinander, und ich frage mich jedes Mal wieder, was dort draußen im Weltraum dann vor sich geht. Es könnte sich bei all der Heftigkeit unangenehm, manchmal sogar recht bedrohlich anfühlen, doch kommt zur gleichen Zeit ein so wunderbar angenehmer, süß-scharfer Gefühlsgeschmack über den Schlauch, dass es mir ganz heiß wird und das ganze Hin- und Hergewackele nichts mehr ausmacht. In der Regel hört dieses zudem nach einer Weile ganz von selber wieder auf, nicht bevor es allerdings zu einem kleinen, meist heftigen Finale kommt, dem eine komische Art von Glücksrausch folgt, ein High, eine Art Hochgefühl, welches über den Bauchnabel meinen ganzen Körper durchflutet und ihn auf eigenartige Weise prickeln lässt. Einmal meine ich, dabei sogar Sterne gesehen zu haben!

Dieses „überirdische Reiben" hat leider mit zunehmender Erdausdehnung nachgelassen. War es schon in meinen Erwachsenenjahren nicht mehr gerade häufig, erlebe ich dieses Prickeln heute im Alter eigentlich gar nicht mehr.

Ha, wenn ich ein *Übi* wäre!

Überlege ich es mir genau, war ein Streit übrigens nicht immer die Grundvoraussetzung für solch ein Gereibe. Dieses konnte auch sonst einmal auftreten, besonders, wenn beide, *Erdmu* und der *Übi* gute Laune hatten. Sie lachen dann, was eine Art süßes Schreien ist, das man nicht mit dem sauren und bitteren Gebrüll verwechseln darf, welches oft irgendwelche Streitereien begleitet.

Meine Erde redet, zankt sich und lacht übrigens sogar, wenn ich keine anderen *Übis* in der Nähe hören kann. Sie ist zu solchen Zeiten ganz offensichtlich alleine, was ich nicht recht verstehe, da – so geht die von mir aufgestellte Theorie jedenfalls – die *Übis* auf diese Art und Weise miteinander kommunizieren. Alleine zu reden, sich zu streiten oder zu lachen macht in der Hinsicht wenig Sinn. Dies bedeutet also schon wieder einmal das Ende einer meiner vielen Theorien, es sei denn, meine Erdkugel neigt zu einem pathologischen Selbstgesprächszwang, von dem ich aber bei diesem allmächtigen Wesen erst einmal nicht ausgehen möchte. Doch man weiß ja nie! Unter Umständen gelingt es mir ja noch, diese Theorie auf überzeugende Art und Weise zu modifizieren. Eventuell redet oder brüllt *Erdmu* mit irgendeinem *Übi* in der Ferne, der zu weit weg ist, als dass ich ihn hören könnte. Da göttlicher Natur, hat sie sicherlich ein ganz ausgezeichnetes Gehör, um vieles besser als das eines kleinen Menschleins wie mir. Meinen jüngsten Überlegungen nach könnten die *Übis* vielleicht deshalb sogar Ferngespräche führen! Ach, wie großartig, dazu möchte ich auch mal in der Lage sein.

Alleine und doch nicht allein

Meine tiefe Verbundenheit zur Natur und zu meiner *Erdmu* ist der Grund, warum ich mich ein Leben lang geborgen und gut aufgehoben gefühlt habe. Nur ganz selten litt ich unter richtigen Einsamkeitsgefühlen, die an und für sich schon gut möglich gewesen wären, da ich ein solitäres Wesen bin, einzigartig und einmalig in seiner Art. Hier auf Erden gibt es nur mich. Dies hat manchen Vorteil. Beispielsweise muss ich mit niemandem mein Zuhause teilen, wofür ich heute mehr als dankbar bin, wüsste ich doch wirklich nicht, wo hier noch Platz für einen weiteren fetten Zwerg wäre. Zudem hätte ich mit dem armen Tropf auch gar nicht reden und mich austauschen können, stumm wie ich nun mal bin. Und es hätte noch viel schlimmer kommen können: Vielleicht wäre dieser ja gar kein so Armer gewesen, vielleicht hätte er – anders als ich – gelernt zu reden, hätte zudem ein richtiger Filou, ein Pfiffikus sein und sich die Sprache der Außerirdischen aneignen können, um daraufhin mit *Erdmu* über die *Übis* und die Welt zu philosophieren, während ich stumm und dumm und eifersüchtig neben ihm gehockt wäre. Nein, nein, das Alleinsein hat sicherlich seine positiven Aspekte und ein ganz wesentlicher ist der, dass ich *Erdmu* mit niemandem teilen muss.

Was aber halt so seine Nachteile mit sich bringt. Nie habe ich die Spielgefährten gehabt, von denen ich manchmal träumte; mit denen ich um die Wette hätte tauchen oder schwimmen, mit denen ich gemeinsame Saltos und andere akrobatische Übungen hätte vollbringen können. Es gab keinen, den ich in meine Arme schließen, den Kopf streicheln oder aufmunternd auf den Rücken klopfen konnte. Und niemanden, der dasselbe einmal mit mir gemacht hätte – mich umarmen, mir den Kopf halten oder einen Arm um meine Schulter legen.

Da war keiner, an den ich mich hätte kuscheln können und keiner – gehen wir einfach einmal davon aus, wir wären irgendwie in der Lage gewesen, miteinander zu kommunizieren –, mit dem ich mich hätte austauschen können, mit dem ich diskutieren und philosophieren und gemeinsam über die Rätsel und Wunder der

Welt hätte grübeln können. Es gab niemanden, dem ich zuzwinkern oder mein interessantes, wenn nicht gar imposantes Stirnrunzeln zeigen konnte oder an dessen Daumen ich mal hätte lutschen dürfen. Hier bin ich auf die omnipotenten *Übis* richtiggehend neidisch, dass ihnen das alles ganz sicherlich erlaubt ist.

Meine Verbindung zu *Erdmu* hat mich andererseits für vieles entschädigt. Denn ich bin eins mit Mutter Natur. Ich fühle sie jeden Tag nicht nur um mich, ich fühle sie auch tief in mir. Ich bin alleine und bin es eigentlich doch nicht. Ich bin Ich, ein Individuum, ein „homo sapiens", ein Mensch, der denken und selbstständig handeln kann, und doch bin ich weit mehr als nur das. Ich bin ein Teil von Mutter Natur, ein Teil meiner Welt, meines Universums und daher ein Teil Gottes.

Die Natur pulsiert tief in mir und ich tief in meiner *Erdmu*. Häufig vergesse ich das einmal, derart selbstverständlich und alltäglich ist mir all das geworden. Manchmal aber, an den hellen und warmen Tagen, drehe ich dem Himmel meinen Rücken zu und anstatt mich meinen Träumen hinzugeben, übe ich mich in der Nabelschau. Da schweift der Blick die Schnur entlang zum Boden meines trauten Heims, dort, wo wahrscheinlich alles für mich begann und im fahlen Schein kann ich sehen, wie die Nabelschnur, mein Lebensfaden, sich verzweigt und nochmals und nochmals verzweigt, zu immer feineren Fädchen wird, die schließlich einsprießen in die Erde. Und fällt vermehrt Licht an eine Stelle, das mir erlaubt, etwas klarer zu sehen, kann ich erkennen, wie all diese Fäden am Pulsieren, am Vibrieren sind. Und über dieses Netzwerk an lebenden, Leben gebenden, pulsierenden Kanälchen bin ich tief verwurzelt in Mutter Erde. An solchen Tagen bekomme ich Ehrfurcht vor der Schöpfung. Wie wunderbar das Ganze ist und wie in meiner Welt alles mit allem in seltsamer Weise verbunden scheint.

Damals wurde mir zum ersten Mal auch bewusst, wie sehr ich mit meiner *Erdmu* zusammenhänge, wie sehr ich von ihr abhängig bin, wie sehr ich – im wahrsten Sinne des Wortes – an ihr hänge.

Diese Abhängigkeit könnte Einem Angst bereiten. Ich habe mich schon hin und wieder gefragt, was passieren würde, wenn sie etwas gegen mich hätte. Du wirst argumentieren, sie, meine *Übine*, hätte mich sicherlich nicht geschaffen, wäre ich nicht von Anfang an gewollt gewesen. Sie dürfte sich das ja vorab reiflich überlegt haben. Nehmen wir aber einmal an, sie wollte es anfangs und hatte später einen Sinneswandel. Vielleicht weil ich sie irgendwie verärgert habe. Beispielsweise könnte sie mir – nicht ganz unberechtigt übrigens – die Schuld an der zunehmenden Erdausdehnung und der damit steigenden Gefahr des BIG BANGs geben, an dem es sie gegen Ende zu eventuell sogar verreißt. Nur weil ich zu viel Urin produziert habe. So etwas könnte einen schon ärgerlich stimmen. Ich hätte Verständnis dafür.

Wäre *Erdmu* jedoch dauerhaft sauer auf mich, würde ich nicht in meiner Haut stecken wollen. Glücklicherweise hat es das nie gegeben. Aber die wenigen Male, an denen ich meinte über die Nabelschnur irgendwie mitzubekommen und zu spüren, dass sie mich nicht mochte, da saß ich wie ein Häuflein Elend in meinem Heim. Damals habe ich mich wieder und wieder gefragt, was ich denn falsch gemacht, was ich getan haben könnte, um ihren Zorn heraufzubeschwören. Ich fühlte mich klein, kalt und verschüchtert. Und obwohl diese Empfindung, von ihr vielleicht nicht gemocht oder nicht erwünscht zu sein, nie lange anhielt, schienen mir selbst diese fliehenden Momente endlos zu dauern, ja, einfach nicht vergehen zu wollen. Ich kann mir gar nicht vorstellen, wie das sein muss, nicht gewollt zu sein. Wenn ich mich nicht – wie ich das üblicherweise tue – als den Höhepunkt, die Krönung der Schöpfung, sondern nur wie ein lästiges Anhängsel fühlen müsste, wie ein Appendix. Ich wüsste wirklich nicht, ob ich das Dasein in einem solchen Fall noch als lebenswert erachten würde, ob es dann eventuell nicht doch besser wäre, gar nicht zu existieren oder dieser traurigen Gegenwart möglichst schnell ein Ende zu bereiten.

Dem *Übi* sei Dank, mir ist das erspart geblieben. Nur der Gedanke daran lässt mich schon erschaudern. Ich habe Glück gehabt. Ich weiß, dass meine *Erdmu* mich von Grund auf mag, mich akzeptiert, mich liebt. Echtes intellektuelles Wissen ist das natürlich nicht, sondern eher mein berühmtes Gefühl im Bauch.

Was mir wiederum ein starkes Urvertrauen und eine tiefe Verbundenheit zu ihr und zur Natur gegeben hat. Hier in ihr fühle ich mich geborgen, beschützt und gut aufgehoben. Dieses Urvertrauen ermöglichte mir einen grundsätzlich optimistischen Ausblick auf das Leben. Nicht ohne Widrigkeiten war es dennoch bisher gut und schön gewesen. Zwar habe ich bis ins hohe Alter den wahren Sinn, die Bestimmung meines hiesigen Daseins nicht verstanden, ansonsten bin ich aber bis dato ein recht aufgewecktes Kerlchen gewesen und ein Leben lang positiv eingestellt. Zudem glaube ich ja an die Reinkarnation, das Wiederkommen, die Wiedergeburt, und somit blicke ich mit Neugier und Zuversicht meinem nächsten Leben entgegen. Vielleicht findet sich ja dort dann der wahre Sinn des Seins.

***

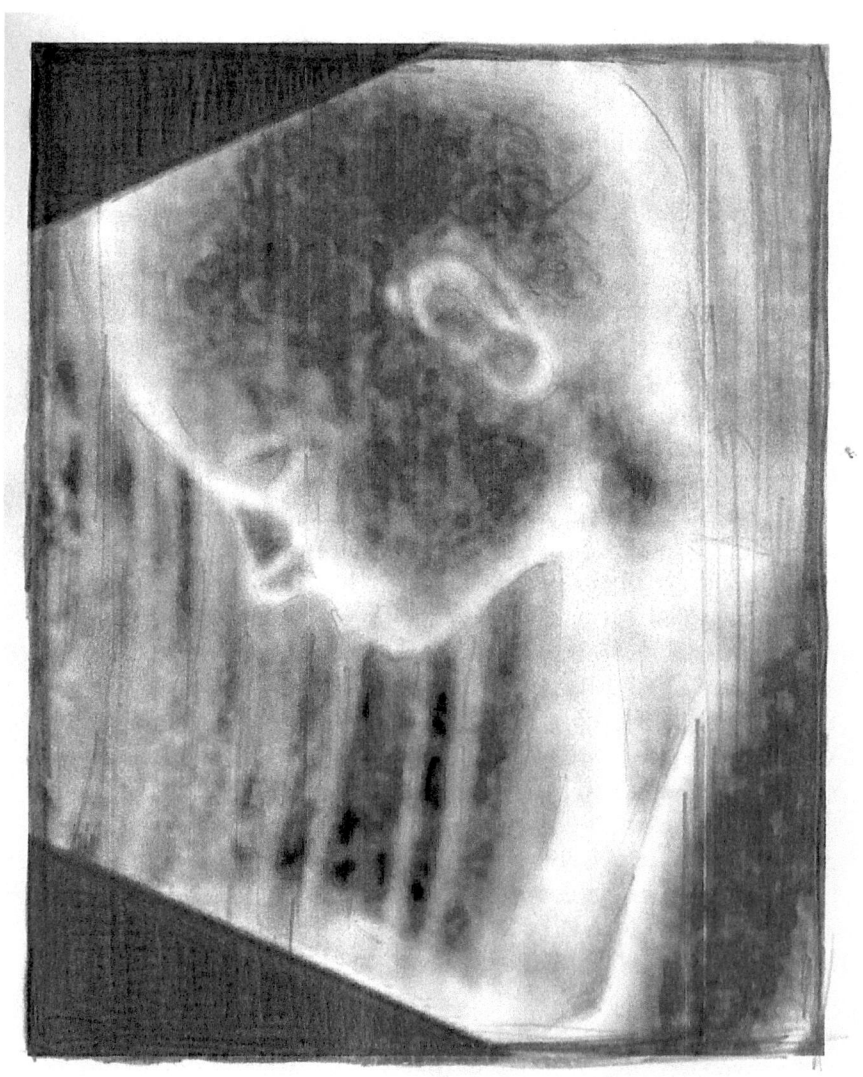

III.

Reife und Alter

Die Endzeit

7

Steif und stolz

Der Methusalemprozess: wann setzte der so richtig ein? Ab wann ging es mit mir also „hinab"? Und vielleicht noch viel wichtiger: Von welchem Zeitpunkt an fühlte ich mich alt?

Ehrlich gesagt, so unter uns, solche Fragen finde ich höchst delikat. Was wäre denn deine Antwort, wenn sich jemand bei dir erkundigen würde: „Hey du Sack, bist du eigentlich schon sehr alt?" Also ich würde es glattweg verleugnen.

„Ich und alt? Du spinnst wohl."

„Reif?"

„Ja, das vielleicht schon eher."

„Reich an Erfahrung und Wissen?"

„Nun, dem kann ich eigentlich nicht viel hinzufügen."

„Vielleicht sogar ein wenig weise?"

„Na ja, wenn du denkst."

Dem *Übi* sei Dank, bisher hat keiner nachgebohrt. Es wäre peinlich. Ich würde eitel und eingebildet erscheinen, was ich in Wirklichkeit überhaupt nicht bin. Nur habe ich an meinem Lebensabend ein wenig Angst davor bekommen; dem Altern, meine ich. Ich finde es bedrohlich, besorgniserregend und beunruhigend; Nicht die ganze Zeit natürlich, nicht tagtäglich, doch wenn ich darüber nachdenke, bedrückt mich das.

Insgeheim gestehe ich dir und mir natürlich freimütig ein, dass ich mittlerweile ein alter, verkalkter, verknöcherter Riesenzwerg und damit gebrechlich, ja, eigentlich schon fast überfällig bin. Es mag zwar etwas pathetisch klingen, aber das Ende meiner Tage kommt unweigerlich auf mich zu. Ich fühle das und es bereitet mir,

Wunder was, Sorgen. Da kann ich noch so positiv eingestellt sein, meine hiesige Existenz ist einfach bedroht. Jedem anderen dürfte es wahrscheinlich in meiner Situation ganz ähnlich gehen. Genau dies nun aber irgendeinem Fremden gegenüber zuzugeben, das könnte ich nicht. Da spielt der Stolz eine viel zu große Rolle.

Vielleicht ist es ja gar nicht schlecht, dass ich ein solitäres Wesen bin. Diese nach außen getragene Selbstvergötterung würde mir sicherlich das Leben mit einem Mitbewohner ganz schön schwer machen. Was würde ich sonst noch alles anstellen, nur weil ich stolz bin, zu stolz, einem Anderen gegenüber zuzugeben, was ich mir selber längst eingestanden habe. Und der würde es sicherlich genauso halten und dann hätte man diese verzwickte Situation, in der niemand genau wüsste, ob das Gegenüber nun die Wahrheit sagt oder aus falschem Stolz heraus genau das krasse Gegenteil von dem behauptet, was es in Wirklichkeit fühlt oder denkt. Und somit dürftest du nie dem Gesagten einfach Glauben schenken, sondern müsstest andauernd abschätzen und taxieren, ob es nun der Mitmensch ist, der sich da äußert oder sein Stolz, der vielleicht genau das Gegenteil von dem feststellt, was der Mitmensch insgeheim zu sich selber sagt. So wüsstest du nie recht, woran du bist. Ach, wie kompliziert das Zusammenleben doch wäre!

Man stellt sich das alles erst einmal nur schön vor, nicht mehr alleine zu sein und dauernd jemanden um sich zu haben. Je länger ich mir allerdings die Sache durch den Kopf gehen lasse, desto schwieriger erscheint sie mir, die Kohabitation. Und das Wenige, das ich von dort draußen aus dem Weltall mitbekomme, von der Welt der *Übis*, weist darauf hin, dass selbst die Probleme mit ihren Artgenossen haben. Also sogar im Himmel scheint das Miteinander nicht unbedingt eine simple Angelegenheit zu sein.

Doch zurück zum Alter. Gebraucht und ausgedient begann ich mich zu fühlen, als es hier immer enger wurde. Dabei schrumpft meine Welt nicht, nein ganz im Gegenteil, *Erdmu* nimmt immer noch an Umfang zu. Aber sie kann einfach nicht mehr mithalten. Ich wachse weiterhin mit beängstigender Geschwindigkeit. So kamen dann die Tage, an denen es mir schon Mühe bereitete, mich überhaupt noch zu bewegen, von Rotieren mal ganz zu schweigen, und zu jener Zeit fing es an, meine ich, mit dem Gefühl des Altseins. Denn während ich bis dahin frei nach Belieben hüpfen, schlüpfen und mich drehen konnte, ging das über die Zeit hinweg alles immer zäher. Zunehmend begann ich mich steifer zu fühlen, eingeengter. Natürlich war ich damals noch nicht derart ungelenk, wie ich es heute bin, noch nicht in diesem Ausmaße, aber die Flexibilität begann klar und deutlich nachzulassen.

Es war auch nicht so, dass das Altern von heute auf morgen geschah, ich eines Tages in der Früh aufwachte und plötzlich nichts mehr ging. Nein, es war ein langsamer, ein schleichender Prozess, der mir erst einmal gar nicht auffiel. Tagtäglich wurde die Welt unmerklich etwas enger und ich ein klein wenig unbeweglicher.

Die Erkenntnis hingegen kam wie mit einem Schlag. Es war an einem bis dahin unbedeutenden Nachmittag gewesen. Ich hatte gerade über irgendetwas gegrübelt, unter uns gesagt habe ich vergessen, was es war, da schoss es mir jählings in den Sinn, dass ich schon eine ganze Weile keine Übungen, keine Gymnastik mehr gemacht hatte. Nach meiner Sturm-und-Drang-Zeit hatte ich für lange Zeit überhaupt nicht daran gedacht. Doch jetzt überkam es mich mit einem Mal: Beim *Ubi*, selbst wenn ich wollt, ich könnte überhaupt keinen Salto mehr machen!

Das war der Tag, an dem ich anfing, mich alt zu fühlen.

Sich alt zu fühlen und alt zu sein, ist damit nicht dasselbe. Bis zu dem Moment, an dem mir klar wurde, dass ich mich nicht mehr um mich selbst drehen konnte, war mir gar nichts aufgefallen. Das Älterwerden hatte mir bis zu diesem Zeitpunkt kein Jota ausgemacht. Erst mit der Erkenntnis kam dieses Gefühl auf ... ein – wie du dir leicht vorstellen kannst – mit ziemlich negativen Werturteilen behafteter Sinneseindruck.

Meine schon früher gewonnene Feststellung, das Denken und die daraus gewonnenen Einsichten trügen nicht gerade dazu bei, mir ein glücklicheres menschliches Dasein zu bescheren, sah ich an dieser Stelle noch einmal bestätigt.

Die mangelnde Bewegung war sicherlich der Hauptgrund, warum ich im hohen Alter zunehmend fetter wurde. Meine bis dahin wunderschön runzelige Haut wurde somit immer glatter und straffer. Auch mal wieder so eine Sache, in der ich die Entwicklung des homo sapiens nicht recht nachvollziehen kann. Als ich ungefähr in meiner Lebensmitte zum ersten Mal die Stirn nachdenklich in Falten ziehen konnte, sah ich dies als Fortschritt an, als eine logische, biologische, folgerichtige Weiterentwicklung. Die Furchen schienen mir ein Merkmal werdender Reife, Ausdruck des Erwachsenseins, äußeres Symbol jener internen, intellektuell zunehmenden Leistung, die ich an mir, wenn auch mit einer gesunden Portion Skepsis, so bewundere. Und meine damals recht faltige Körperhülle sei somit ein Zeichen, dachte ich als Anhänger des Reinkarnationsgedankens, als einer, der an die Geburt und an die nächste Geburt und an weitere Wiedergeburten glaubt und der daher meint, ein betagter Geist zu sein, ein insgeheim altes Wesen, schon oft hier gewesen in der einen oder anderen Gestalt. Alles sprach also dafür, dass ich mit wachsendem Alter nicht nur die Stirn runzeln könnte, sondern meinen ganzen Körper. Von dem ich dann annahm, er würde immer verhutzelter werden, bis ich vor lauter klugen Falten gar nicht mehr aus den Augen hätte schauen können und ich somit gezwungen gewesen wäre, meinen Blick ausschließlich nach innen und in die Tiefe des Selbst zu richten. Zum guten Schluss, am Ende meines Lebens wäre ich, so bildete ich mir als junger Spund noch ein, eine einzige, große, superschlaue Falte geworden, unendlich klug, allwissend und weise. Und dann, als wollte mir das Schicksal einen Seitenhieb verpassen, als wollte es mir nicht nur sagen, sondern auch deutlich zeigen, wie wenig ich über das Dasein weiß, und was für ein kleiner, dummer Wicht ich eigentlich bin, und es gut sichtbar nach außen hin auch bleiben werde, wurde meine Haut mit der fröhlich gedeihenden Fettschicht plötzlich immer glatter. Erst dann erinnerte ich mich, schon in meiner frühen Jugend einmal faltenlos und glatt, ja, richtiggehend unförmig gewesen zu sein. Meine Arme und Beine waren damals nichts anderes als diese kleinen Stummelchen gewesen, die aus meinem prallen, runden Rumpf herausgeragt hatten.

Während ich mich somit gezwungen sah, meine Ansichten über die Zunahme der Falten als äußeres Zeichen der Wissensakkumulation zu revidieren, dachte ich mit Erstaunen noch einmal darüber nach, wie sehr das Ende des Lebens doch seinen frühen Anfängen gleicht: Dass zu Beginn meine Haut rund und glatt war und nun im hohen Alter wieder genauso zu werden scheint. Oder dass ich mich während meiner Kindheit kaum bewegen konnte und mir das an meinem Lebensabend erneut so geht. Und ich ursprünglich keine Haare hatte und sie mir jetzt im Alter wiederum alle auszugehen drohen.

Denn es konnte ja nur ein weiteres deutliches Zeichen des körperlichen Verfalls sein, wenn mir nun langsam die ganze Pracht wieder ausfiel, die mir in der Mitte meines Lebens erst gewachsen war. Vielleicht hatte das aber mit der zunehmenden Enge hier zu tun und geschah aufgrund der dauernden Reibung, wenn ich mich bewege oder drehe. Vielleicht gingen mir die Haare allerdings auch deshalb aus, weil ich immer dicker wurde und den Pelz daher nicht mehr brauchte. Wie üblich entzieht sich mir der tiefere Sinn.

Diese komische Pomade ist mir jedoch nicht nur geblieben, sondern in der Zwischenzeit bin ich vollständig und dick in ihr eingehüllt; eine nun wirklich praktische Angelegenheit, weil es seitdem deutlich einfacher geht, in einer so engen Erde hin und her zu flutschen. Ich habe mich dabei sogar einmal beim Komponieren einer kleinen Melodie ertappt, ach, wie würde ich sie gerne laut singen können: „Ich bin von Kopf bis Fuß in Schmiere eingehüllt, ja, das ist meine Welt und sonst gar nichts." Ich meine von da draußen aus den Sphären schon mal so etwas Ähnliches gehört zu haben.

Das Ausgehen meines Prachtfells fiel mir übrigens zum ersten Mal beim Suppeschlürfen auf, nachdem mir ein ganzes Bündel davon in den Schlund geraten war. Da erst richtete ich das Augenmerk auf mein Lebenselixier und zum ersten Mal bemerkte ich, in was für einer haarigen Brühe ich auf einmal schwamm. Also wirklich unappetitlich! Ich glaube, das war auch der Zeitpunkt, an dem ich mich ernsthaft zu fragen begann, wie lange ich denn in dieser trüb gewordenen Flüssigkeit noch hocken müsse.

Eine existenzielle, eine wirklich gewagte Frage, wenn ich das an dieser Stelle einmal kurz anmerken darf. Denn die Ursuppe ist von Beginn an mein Leben, meine Welt, mein Zuhause gewesen, sie ist alles, was ich kenne, was ich habe. Aus ihr bin ich entstanden, in ihr habe ich mein ganzes Leben verbracht. Es war ein wirklich revolutionärer oder sollte ich besser das „r" gleich weglassen, ein evolutionärer Gedanke, auf einmal aus ihr herauszuwollen.

Hinaus und dann? In eine andere, größere, klarere, wohlschmeckendere, haarlose Suppe oder gar vollkommen aus ihr heraus? Doch wohin? In ein ganz neues Medium? Aber was für eins? Würde ich dort auch schwimmen und tauchen können? Würde ich, wie ich mir das in meiner Fantasie hin und wieder einmal vorgestellt habe, würde ich vielleicht – wie die *Übis* – auf einmal gehen können. Allerdings, selbst wenn ich plötzlich in einem so großen Ur-Ozean schwimmen dürfte, selbst wenn ich auf einmal gehen könnte, allzu weit käme ich nicht. Denn mein Lebensfaden, die Nabelschnur, ist nicht besonders lang.

Ginge man jetzt noch einen erschreckend logischen Gedankenschritt weiter – übrigens ist es ein wahrlich göttliches Prinzip, in seinen Gedanken"gängen" einfach auszu"schreiten" –, bedeutet „aus der Brühe heraus" im Endeffekt ein Leben ohne Leine, ohne Nabelschnur, es bedeutet im wahrsten Sinne des Wortes „Abnabelung".

Nur, wie könnte ich ohne sie existieren? Sie nährt mich, sie hält mich am Leben, ohne sie wäre ich innerhalb kürzester Zeit tot. Während meiner üblen Kinderkrankheit fehlte mir beispielsweise etwas, das nicht über diesen Schlauch kam, etwas, was ich anscheinend unbedingt zum Leben brauche. Als Resultat lag ich innerhalb weniger Momente im Sterben. Ein Dasein ohne Leine, ohne die Schnur, ohne meinen Lebensfaden scheint mir daher ausgeschlossen. Das funktioniert nicht, nicht hier in meiner Welt.

Deshalb ist die Überlegung, wie lange ich noch in dieser haarigen Brühe hocken muss, eine, die im Prinzip meine ganze Existenz infrage stellt.

Doch warum frage ich dann überhaupt?

Ich glaube, dies hat wiederum mit meinem heutigen Greisen-daseins zu tun, mit dem Gefühl des Altwerdens und der daraus wachsenden Unzufriedenheit über meine Anwesenheit hier. Mit der im wahrsten Sinne des Wortes zunehmenden Lebensneigung und der daraus resultierenden Steifheit, Unbeweglichkeit und Unbehaglichkeit bleibt mir heute nicht mehr viel anderes übrig, als mir darüber den Kopf zu zerbrechen, wie schön es früher war, und was das nächste Leben vielleicht bringen möge. Über meine momentane Lage möchte ich heute lieber nicht mehr groß nach-denken, da mich diese nur mit dem immer rascher auf mich zukommenden Ende konfrontiert. Irgendwann werde ich aber nicht daran vorbeikommen, einmal ein paar Gedanken"gänge" darüber zu verschwenden – doch alles zu seiner Zeit.

Sicht und Einsicht

Wie schön wäre es, wenn ich nur im Augenblick leben könnte. Apropos. Das ist auch so ein neuer Begriff in meinem Wortschatz. Denn das Sehen ist eine dubiose Gabe des Alters. Viel zu entdecken gibt es hier eigentlich nicht mehr. Das Himmelsfirmament und der Fußboden meines Zuhau-ses sind heute derart nahe, dass ich all die Linien mit ihren Ver-läufen und Verästelungen direkt vor der Nase habe. Früher, als noch mehr Platz herrschte, als ich klein war und alles um mich herum größer und weiter weg, und es somit jede Menge zu sehen gegeben hätte, da war mein Blick noch unklar und verschwommen gewesen. Mit zunehmendem Alter kann ich jetzt dagegen alles auf einmal immer besser beäugen. Anfangs schielte ich noch ein wenig. Der Blick fokussierte sich wie von selbst an meiner Nasenspitze, wahrscheinlich, weil diese die erste sichtbare Erhebung in meinem Gesichtsfeld ist. Er blieb einfach daran hängen und ich musste erst lernen, darüber hinaus- und geradeaus zu schauen, bis ich erkennen konnte, was da so vor meinem Zinken lag.

Insgeheim vermute ich, dass das Sehen zwar ein willkommenes, doch nicht besonders nützliches Beiprodukt der inneren Einsicht ist. Denn je besser ich mich selber beobachten lernte, je mehr ich über mich und über das Dasein erkannte, und je genauer ich sah, was es mit dem Leben auf sich hat, desto besser konnte ich die Dinge auch visuell ins Auge fassen. Erst mit einer gewissen Lebenserkenntnis und Reife, mit dem Durchblick, wie die Dinge und das Dasein wirklich funktionieren, schien es mir also auch möglich zu sein, die Haare in meiner Suppe zu entdecken.

Der Schluckdrauf

Ein weiteres, deutliches Zeichen für das Einsetzen meines Lebensabends ist dieses lästige Aufstoßen, ein wahres Altersübel. In meiner Jugend habe ich eigentlich nie darunter gelitten und selbst noch in meiner Lebensmitte ist diese Beschwerde äußerst selten gewesen. Doch mit zunehmender Gebrechlichkeit nehmen die Symptome jetzt an Häufigkeit und Intensität deutlich zu. Ich weiß überhaupt nicht, was das soll. Es hat keinerlei Nutzen, noch weniger als mein Augenlicht. Dieses Aufstoßen ist einfach nur nervig, ein Altersübel im wahrsten Sinne des Wortes, ein deutliches Zeichen des körperlichen Verfalls. Es kommt anfallsweise – ich könnte dabei wirklich nicht sagen, was der Auslöser ist – hält eine Weile an, und hört ebenso plötzlich wieder auf, wie es gekommen ist. Eventuell hat es mit den Haaren in der Suppe zu tun. Ich weiß es nicht. Auf jeden Fall gehen die beiden Beschwerden nebeneinander einher. Sicherlich schlucke ich immer wieder Teile meiner Zotteln und möglicherweise sitzen diese dann irgendwo in meinem Inneren und kitzeln mich von dort. Das wäre bestimmt die harmloseste Erklärung. Das senile Aufstoßen kommt in rhythmischen Intervallen. Das Einzige, was hier manchmal paradoxerweise zu helfen scheint, ist, viel Suppe zu schlucken. Daher nenne ich es „Schluckdrauf". In den meisten Fällen dauert so ein Anfall nicht besonders lange, aber einige Male wollte er einfach nicht aufhören. Und während ein normaler Schluckdrauf nur störend und lästig ist, kann die anhaltende Version ganz schön unangenehm werden. Die Affäre wird dann schmerzhaft und lässt mich nicht mehr zur Ruhe kommen. Falls du es selber noch nie erlebt hast, wirst du es kaum glauben mögen, doch einmal meinte ich sogar, es mache mich verrückt, es raube mir den Verstand.

Die Erdbeben in meiner Jugend habe ich in letzter Zeit öfters mit diesem Aufstoßen verglichen. Dabei stelle ich mir dann vor, dass das, was jetzt mit mir immer öfter passiert, damals auf globaler Ebene geschah. Ein Erdbeben wäre somit nichts anderes als eine Art heftiger Schluckauf von *Erdmu* gewesen.

Die ersten Drücker

Es existieren heute also klare Hinweise, dass sich mein Leben dem Ende neigt. Die immer kleiner werdende Welt, die plötzliche Verfettung, der Haarausfall und das senile Aufstoßen machen von Tag zu Tag deutlicher, wie es von nun an mit mir abwärts geht. Und als wollte die Natur dies bestätigen, als wollte sie mir sagen „Das bildest du dir diesmal nicht ein", kommt es im Alter nun zu einem weiteren, mir bis dahin völlig unbekannten Phänomen. Dabei packt mich die Erde, indem sich Fußboden und Himmel auf einmal zusammenziehen, quetscht und drückt mich gleichzeitig etwas nach unten, einen kurzen Augenblick nur, und lässt mich zappelnden Wicht dann gleich wieder aus ihrem Griff. Selbst hier vergleiche ich wieder einmal ein Weltgeschehen mit einem mir persönlich vertrautem Erlebnis. Das also, was *Erdmu* da mit mir macht, fühlt sich genau so an, als würde ich mit den Fingern meiner einen Hand die andere umfassen, für einen Moment fest zupacken und zeitgleich leicht vom Körper wegpressen. Kamen diese „Erddrücker" zuerst nur selten und waren von kurzer Dauer, nehmen sie in letzter Zeit an Häufigkeit und Intensität deutlich zu.

Die Zeichen also, dass *Erdmu* und meine Wenigkeit unweigerlich auf etwas zusteuern, das sich völlig meines Verständnisses entzieht, beginnen sich zu mehren und dürften mich in der kommenden Zeit immer stärker mit dem nun Unausweichlichem konfrontieren.

***

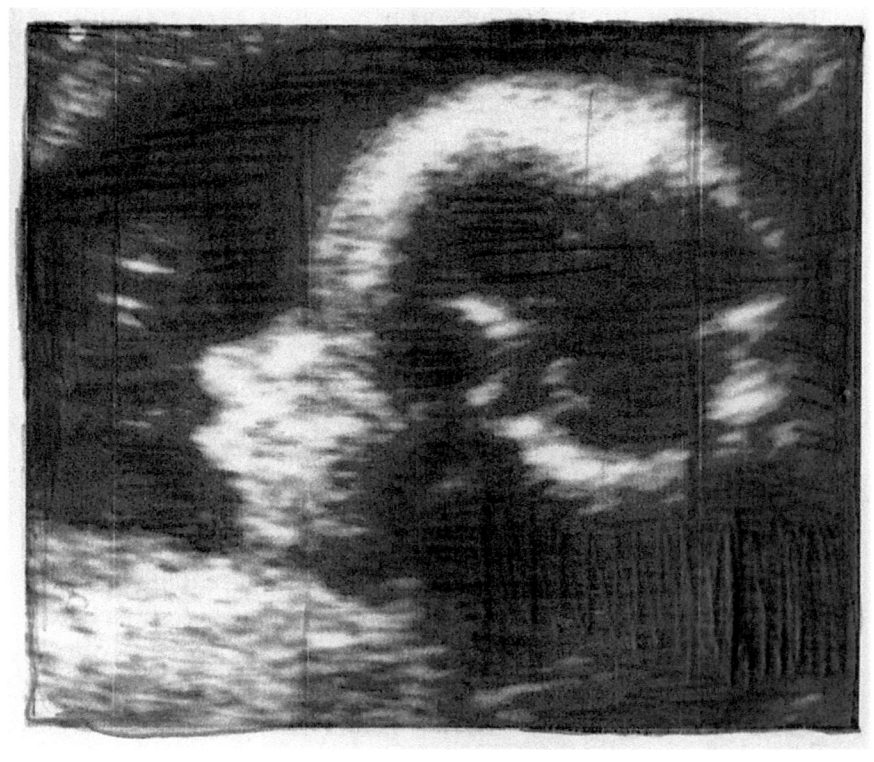

8

Über das Schöne und Mittelmäßige

Etwas, das ich wirklich in meinem Leben bereue, und das mir trotz all der Einsichten, die ich über mich, über das Dasein, über die *Übis* und *Erdmu* gewonnen habe, nicht gegeben war, ist, dass ich mich nicht ein einziges Mal in meiner ganzen Pracht gesehen habe. Bestimmte körperliche Abschnitte sind mir natürlich wohlbekannt und ich weiß auch, wie sich mein Körper so in etwa anfühlt, aber in meiner Gesamtheit kenne ich mich nicht.

Wie sehe ich aus? Bin ich hübsch? Bin ich ansehnlich? Eine Wucht?

Mit der besseren Sehkraft im hohen Alter konnte ich dann wenigstens Teile von mir ausgiebig betrachten. Meine Arme und Hände, die Finger, die nun heißgeliebten Daumen, die Beine mit den Füßen und Zehen. Weiterhin die anfangs noch putzigen Finger- und Zehennägelchen, die aber auf die Dauer immer mehr wuchsen, immer länger wurden, sodass ich heutzutage Gefahr laufe, mich damit zu kratzen.

Beim Schielen kann ich meinen Zinken begutachten, den ich für ganz süß geraten halte. Den Rest meines Kopfes kenne ich – mit Ausnahme von Teilen meiner Oberlippe, von der ich hin und wieder mal einen Blick erhasche, wenn ich am Daumen lutsche und gleichzeitig an der Nase vorbei angestrengt nach unten gucke – nur vom Fühlen und Abtasten.

Mein Schädel kommt mir überproportional groß vor. In Relation zum Rest meines Körpers, meine ich. Eindeutig scheine ich eine denkende Kreatur zu sein, ein homo sapiens halt. Bis auf die komische Stelle über den Augen habe ich keine Haare im Gesicht.

Auf dem Haupt wuchsen mir jedoch die schon erwähnten Strähnchen, die mir bis heute geblieben sind. Meine Ohren stehen ein wenig ab.

Gleitet mein Blick an der Brust herunter, bleibt er unweigerlich an der Lebensleine hängen, meiner Nabelschnur. Ihr Aussehen und ihre Struktur sind ganz anders als meine sonstige Haut. Die Leine war beispielsweise nie behaart. Immer wieder lege ich einmal Hand an und fühle das Leben in ihr, in mir pulsieren. Die Betrachtung meines Nabels plus Leine, die Nabelschau, betreibe ich, wie ich dir schon erzählt hatte, häufiger einmal. Das hat schon mit meiner Lieblingsposition zu tun, bei der ich mich zusammenrolle und dabei gemütlich in der Ursuppe treibe. Da habe ich meinen Lebensfaden direkt vor der Nase. In dieser Lage meditiere, schlafe und reflektiere ich. Dies stellt auch meine beliebteste Denkerpose dar.

Doch zurück zu meiner Frage: Wie sehe ich aus? Wie ein Playboy? Bin ich eine Schönheit? Die Kurzzusammenfassung: Riesiger Kopf mit netter kleiner Nase, anständiger Oberlippe, abstehenden Ohren und ein paar Haaren oben drauf. Dann der anfangs recht schlanke, in letzter Zeit aber immer massiger werdende Rumpf mit Nabelschnur. Daran hängen ein paar Arme und Beine, die erst mal nur Stummelchen waren, sich in der Zwischenzeit aber ganz ordentlich entwickelt haben. Hände mit den Daumen und weiteren Fingern. Füße mit Zehen. Finger und Zehen mit Nägeln.

Bin ich schön?

Ich wachse weiterhin rasant und lege an Gewicht zu. Da ich mich heute nur noch mit arger Mühe bewegen kann, haut es jetzt das Fett wie nichts auf die Rippen. Der Pelz ist weiter am Ausgehen. Schon finde ich lauter kahle Stellen. Meine wunderbar schrumpelige Haut wird zunehmend glatter und ich bin weiterhin mit dem fettigen Gleitmittel eingeschmiert, das ich offensichtlich die ganze Zeit über wie wild ausdünste.

Bin ich attraktiv?

Ich könnte dir gar nicht sagen, wie ich in Wirklichkeit aussehe, kenn ich mich doch nicht in meiner ganzen Pracht. Ich weiß nur von Teilen und so gut wie nichts über mich als Einheit.

Hätte ich andererseits den vollen Überblick und könnte mich ganz und gar betrachten, würde ich mir dann wirklich ein Urteil bilden können, würde ich daraufhin sagen können: Ich bin attraktiv!?

Denn, was ist das schon? Ist Schönheit nicht auch wieder Geschmacksache? Gibt es somit Grazien, die man als süß, und andere als sauer, bitter oder gar scharf bezeichnen würde?

War ich mit oder ohne Pelz hübscher, sind Falten schöner als die glatte Haut, ist Fettsein en vogue oder sollte ich lieber versuchen, so dünn wie nur möglich zu bleiben?

Vielleicht muss ich mich ja entscheiden, muss unterscheiden, muss wählen, was schön ist und was nicht. Und nicht nur vielleicht – der Intellekt fordert das einfach – ich muss!

Wenn ich deshalb einfach mal ganz willkürlich davon ausgehe, dass, sagen wir, behaart, dick und faltig schön wären, würde dies für mich bedeuten, ein halbes Leben lang ein erfreulicher Anblick und die andere Hälfte das krasse Gegenteil gewesen zu sein. Im Großen und Ganzen betrachtet, war ich daher in etwa halbhübsch oder halbhässlich. Über allem könntest du mich somit auch als „mittelschön" bezeichnen.

Zu genau demselben Ergebnis würdest du übrigens kommen, wenn man – im Gegensatz zum ersten Fall – unbehaart, dünn und faltenlos als attraktiv definiert hätte.

Bevor ich also anfing, darüber nachzudenken, da war ich zwar auch schon mittelschön, nur wusste ich es noch nicht; das war mir bis zu diesem Zeitpunkt pipi-egal gewesen. Sobald ich aber begann abzuwägen, musste ich polarisieren, musste einen Zustand als „schön", den entgegengesetzten als „hässlich" oder zumindest „nicht so schön" definieren. Wenn ich weiterhin „schön" als etwas Gutes bewerte und „hässlich" als etwas Schlechtes, und wenn mich etwas Schönes und Gutes glücklich macht und etwas Hässliches und Schlechtes unglücklich, dann war mein Leben per definitionem halbglücklich und halbunglücklich, also in etwa „mittelglücklich" oder „mittelunglücklich", wie man es nehmen mag.

Bevor ich über das Glücklichsein nachgedacht hatte, war ich das zwar auch schon irgendwie, nur bewusst war mir das bis dahin nicht gewesen. Doch was ist besser im Leben: Mal richtig schön und dann richtig hässlich und somit mal richtig glücklich und danach so richtig unglücklich oder im Gegenteil, einfach nur mittelschön und mittelglücklich zu sein?

Ich persönlich bevorzuge Letzteres! Ich mag diese emotionalen Tiefs nicht, die ganz offensichtlich eine logische Folge eines Gefühlshochs zu sein scheinen. Wie bei der Sache mit meiner Zentralheizung schätze ich auch hier eher ein wohl temperiertes Dasein.

Das Denken hat mir in dieser Hinsicht mal wieder nichts gebracht. Es war reine Zeitverschwendung und hat mich zudem gelehrt, wenn schon nicht unglücklich, zumindest mittelunglücklich zu sein. Unbewusst dürfte mir das zwar zuvor auch schon klar gewesen sein, aber so richtig vor Augen geführt hatte ich mir das nicht – bis zu dem Tag, an dem ich anfing, zu werten und über das Glück nachzudenken.

Also, alles in allem bin ich – wenn ich mich und mein Leben aus diesem Blickwinkel einmal in der Gesamtheit beurteilen und das zudem noch etwas provokativ ausdrücken darf – ziemlich mittelmäßig. Da kann ich machen, was ich will. Das klingt erst einmal fade und etwas sehr negativ, sollte es aber nicht. Denn wenn ich mir nur eingestehe, ein höchst mittelmäßiger Typ zu sein, ist es mir ja vielleicht tatsächlich vergönnt, mein inneres Gleichgewicht zu finden und damit in meiner Mitte zu ruhen. Was zum einen viel besser klingt, und zum anderen gar nicht schlecht wäre für ein ausgeglichenes Leben!

Das nächste Leben

Auf welch dumme Gedanken einer kommt, wenn er jetzt – wie ich – die meiste Zeit auf dem Kopf „steht". Du „hirnst" dann über völlig nutzloses Zeug wie über Schönheit und Mittelmäßigkeit. Langeweile und die inverse Lage mögen für diese Ausschweifungen des Geistes verantwortlich sein. Doch was sollte ich in meinem hohen Alter heutzutage auch noch Großartiges vollbringen, wenn jede körperliche Bewegung zu einem Gewaltakt geworden ist.

Auf Erden ist es eng geworden. Ich habe kaum mehr einen Spielraum. Nur mit Mühe kann ich mich noch strecken und recken. Die Drehung nach oben ist in letzter Zeit zu einem solchen Kampf geworden, dass ich es seit Kurzem dann gänzlich bleiben lasse.

Warum ich die meiste Zeit mit dem Kopf nach unten herumhänge, weiß ich ehrlich gesagt nicht. Es scheint irgendwie bequemer so, was früher nicht der Fall war. Da war mir jede Position recht. Mich beschleicht überhaupt langsam das Gefühl, *Erdmu* könnte mich in dieser Lage haben wollen, mich so hinquetschen. Denn die bereits erwähnten „Erddrücker" bugsieren mich immer ein klein wenig nach unten, nicht fest, aber deutlich genug. So, als ob dies ein kleiner Hinweis, ein Fingerzeig von ihr wäre, wo und wie sie mich haben will.

Wie winzig doch mein Universum geworden ist! Früher, als ich klein war, schien mir das Firmament unendlich weit weg, heute fühle ich mich zunehmend zwischen Himmel und Erdboden eingeklemmt.

So kann das auf die Dauer nicht weiter„gehen". Doch ich wachse immer noch, werde immer größer; die Erde wird das nicht mehr lange mitmachen. Irgendetwas wird recht bald passieren müssen. Das scheint unausweichlich. Die Frage ist nur: Was? Ein Urknall? Der BIG BANG? Das Ende? Der Tod? Wird es schrecklich, wird es gut? Werde ich sterben oder weiterleben? Werde ich noch Ich sein?

Zu viele Fragen und wieder einmal keine Antworten! Alles was ich weiß, alles was ich in diesem Leben gelernt habe, bereitet mich – soweit ich das heute beurteilen kann – nicht auf die Zukunft vor. Am Ende gehe ich von dieser Welt, „gehen" meine ich hier rein symbolisch, und ich weiß nicht wohin. Werde ich am Ende sein? Ich meine, meine Existenz, wird sie dann enden, oder darf ich in irgendeiner Form weiterleben? Die Nabelschnur, mein Lebensfaden, meine Verbindung zur Welt, zu *Erdmu*, darf ich sie behalten oder wird sie irgendwann durchtrennt? Doch sollte das je passieren, sterbe ich unweigerlich. Und was passiert danach? Ich weiß es nicht.

Jetzt bin ich ein ganzes Leben lang ganz gemütlich in meiner Suppe herumgetrieben und habe bis ins hohe Alter nie wirklich darüber nachgedacht, wie es danach sein wird. In meiner Jugend blickte ich voraus, später nur zurück. Meine Ahnung sagte mir zwar immer, es würde irgendwie schon weitergehen. Aber das könnte freilich auch nur Wunschdenken sein. Vielleicht sollte ich es mir endlich eingestehen: Ende ist Ende. Aus ist aus. Schluss bleibt Schluss. Finito.

Da kann man noch so lange träumen und sich vorstellen und wünschen, es werde irgendwann irgendwie schon weitergehen. Fakt bleibt: Mit der Durchtrennung der Nabelschnur ist es aus und vorbei mit mir. Unweigerlich.

Doch ich kann nicht anders. Nenne es, wie du willst, ich habe eine Art Ahnung, ein Gespür, ein Bauchgefühl, ein Wissen, nicht intellektueller Art, sondern tief in mir, dass es nicht mit dem Dasein hier endet.

Vermutlich ist das allerdings nur eine Illusion, ein Irrglaube. Der Skeptiker in mir verlacht mich. Ich solle bitte auf dem Boden der Tatsachen bleiben, drängt er. Er habe sein ganzes Leben lang Wissen akkumuliert, welches besagt: Aus ist aus und aus bleibt aus. Das sei Wissenschaft. Die Durchtrennung der Nabelschnur bedeutet eindeutig das Ende, *Exitus*. Basta.

Der Gläubige in mir kann das nicht. Er kann die Hoffnung nicht aufgeben. Er kann sich einfach nicht mit dem Gedanken anfreunden, er wäre nur ein Stück Knetmasse, das ein Leben lang vom Dasein hin und her gebeutelt und vom Schicksal gewalkt wurde, um irgendwann – mit etwas Glück vielleicht – für ein neues Stück Knetmasse Platz zu machen, dem es daraufhin genauso geht. Und so weiter. Und das soll es dann gewesen sein. Nein, er glaubt an eine Exit-Strategie, einen *Exit* ohne *us*, an ein Leben nach dem Tod.

In mir schimpfen sich Gläubiger und Skeptiker gegenseitig Idioten und streiten sich – in letzter Zeit immer häufiger und nicht unähnlich den Protagonisten meiner Jugend – darüber, wer von ihnen schlussendlich Recht behalten wird.

Was am Ende jedoch wirklich geschieht, wissen die beiden natürlich auch nicht!

Unter Umständen behält jeder von ihnen irgendwie Recht. Vermutlich geht es ja wirklich zu Ende mit mir. Zu Ende mit dem, was ich hier bin. Zu Ende mit dem Leben, wie ich es hier führe. Dann ist das alles wirklich vorbei, unwiderruflich Schluss mit meiner Existenz in *Erdmu*. Das würde den Skeptiker und Wissenschaftler in mir befriedigen.

Und vielleicht geht es trotzdem irgendwie weiter. In einem Leben nach dem Leben. In einem Leben nach meinem Ende hier, nach der Durchtrennung des Lebensfadens, der Nabelschnur, nach einem *Exit*, nach dem Tod. Das würde den Gläubigen in mir sehr beruhigen.

Nun, wie stellt sich der Gottesfürchtige das Leben nach dem Tod so vor? Ein Leben draußen im Himmel? Dort, weg von *Erdmu*, in der Welt der *Übis*?

Entweder – denkt er sich – bin ich dann größer als heute oder es wird nur mein Geist sein, die Seele also, die da überlebt.

Weil er Geist und Seele allerdings für recht abstruse Begriffe hält, lässt er sie gerne einmal beiseite und geht somit davon aus, dass ich im nächsten Leben einfach noch viel dicker sein werde. Und ich werde in einer riesigen Ursuppe schwimmen. Aber nicht nur. Seiner Ansicht nach gibt es dort ein ganz neues Element, in dem ich mich wie die *Übis* fortbewegen werde. Ich werde also gehen. Hurra, endlich werde ich laufen können.

Und nachdem, was er meint, von dort draußen aus dem Weltraum mitbekommen zu haben, dürfte der Himmel voller *Übis* sein. So manch einer von ihnen wird dann hoffentlich diese unglaublichen Sphärentöne machen, worauf ich schon jetzt höchst gespannt bin. Vielleicht lerne ich ja wirklich in meinem nächsten Leben zu reden, kann mir daraufhin die Sprache der *Übis* aneignen und darf mich endlich austauschen, wäre in der Lage, mit göttlichen Wesen zu palavern und zu philosophieren. Zudem könnte ich dort mehr von meiner Art, weitere Wesen von der Gattung H.S. treffen, die in anderen Welten oder sogar – sollte sich die Theorie mit dem Urknall als falsch erweisen – auf meiner Erde vor mir gelebt haben. Und wir Menschen werden unseren *Übis* ähnlich sein. Nur sind die natürlich erst einmal viel größer. Zudem allwissend, extraklug und weise. Da wir ihnen ähneln, da ich ihr Ebenbild bin, werden sie sicherlich genauso wie ich große Köpfe auf ihren Hälsen tragen, mit seitlich abstehenden Ohren und Haaren oben drauf. Bisher habe ich mich nicht so recht entscheiden können, ob ich mir die *Übis* eher glatt oder schrumpelig, unbehaart oder mit Pelz, dick oder dünn, mit fettiger oder trockener Haut vorstellen soll. Das ist auch wirklich nebensächlich. Wie ich könnten sie ja die unterschiedlichsten Phasen durchlaufen und mal glatt, mal faltig sein, mal Haare und mal keine haben. Oder es gibt eben dicke und dünne *Übis* und wieder andere mit Pomade im Haar.

Und vielleicht bin ich den *Übis* nicht nur ähnlich, sondern werde irgendwann selber einer. Dann hätte ich in meiner Jugend Recht gehabt und wäre nicht einfach nur ein größenwahnsinniger Zwerg gewesen, in diesen unüberlegten Momenten, in denen ich mir vorgestellt hatte, ich sei ein Gott, der nur nicht weiß, dass er einer ist. Wenn man hier allerdings logisch weiterdenkt, wird *Erdmu* zu einer kuriosen Angelegenheit. Insgeheim vermute ich in ihr ja ein göttliches Wesen. Und nicht irgendeines, sondern sie wäre dann meine *Übine*, meine Thea. Sollte *Erdmu* jedoch zu den *Übis* gehören, sehe ich ihr, wenn ich mich nicht vollends täusche, ähnlich. Ich wäre ihr Ebenbild. Sie dürfte somit selbst einen großen Kopf mit abstehenden … usw. zur Schau stellen. Nun, das wäre schon ein wenig ernüchternd.

Wo lebe ich dann in ihr?

Ich fahre mit den Händen meinen Körper herab. In *Erdmus* Kopf? Nein, das kann ich mir nicht richtig vorstellen. Ein Kopf wie der meine ist zwar so rund wie meine Welt, doch fühlt er sich viel zu hart an. Würde ich in einem Schädel hausen, gäbe es kein Firmament, keinen elastischen Himmel, das wäre dann nur eine harte Schale mit ein paar Löchern drin. Die Brust kann es ebenfalls nicht sein. Ich müsste doch irgendwo die göttlichen Rippen spüren. Was ich aber nicht tue. Das Schlagen in meinem Busen und *Erdmus* Pochen sind sich hingegen nicht unähnlich. Und ihren Urbeat spüre ich ganz nah.

Mich streift der Blitz der Erkenntnis. Jetzt weiß ich es! Ich lebe im Bauch meiner Thea, ich hause unter der göttlichen Nabelschnur. Wie raffiniert. Die dunkle Delle in meinem Himmelsfirmament muss damit die Stelle sein, wo ihre Lebensleine befestigt ist.

Das ist ja ungemein faszinierend. Die *Übis* haben also auch einen Nabel und müssen somit eigentlich auch eine Nabelschnur tragen. Doch wo endet deren Lebensleine? In einer größeren Welt, der *Ur-Erdmu*? Oder sind sie abgenabelt? Leben die *Übis*, die ich tagtäglich höre, da draußen auf ihrer eigenen Erde, und werde ich nach meinem hiesigen Dasein dort weiterexistieren – mit all denen zusammen? Werden wir dann – so wie ich heute in *Erdmus* Schoss – den Bauch der Urmutter bewohnen und wird es dort wieder einen Himmel und einen Erdboden geben? Einen Himmel, der manchmal hell und manchmal dunkel ist? Einen Erdboden, der der dauernden Metamorphose des Seins unterworfen ist, unter dem es kracht und furzt? Wird auch die *Urerdmu* rund sein? Es gibt immer noch unzählige, unbeantwortete esoterische Fragen.

Jetzt muss schon meine eigene *Übine*, meine Thea ziemlich dick, ja riesig sein, wenn ich Fettklößchen nur unter ihrem Nabel hocke. Wie unvorstellbar groß muss dann erst diese Urthea, diese *Urübine* sein, wenn all die *Übis* und all wir von der Gattung H.S. in unserer nächsten Inkarnation in ihrem Bauch leben werden.

Sicherlich werden die *Übis* da draußen sehr viel älter als ich kleines Menschlein, doch selbst sie müssen irgendwann einmal greis und verkalkt werden, und sterben; es sei denn, sie leben ewig. Wohin gehen sie aber am Ende ihrer Tage, und werden sie wirklich im wahrsten Sinne des Wortes dann gehen? Wird es auch für sie ein nächstes Leben geben? Und wie wird das dort so sein? Werden sie dann eines Tages im Bauch der Ururmutter die Augen aufschlagen, in einer neuen Welt, so wie ich aus meinem Urschlaf erwacht bin? Werden sie sich daraufhin ebenfalls nicht daran erinnern können, was zuvor geschehen war und in einer noch größeren Welt aufwachsen, ganz neue Dimensionen und Abenteuer erleben, noch mehr Farben sehen, noch mehr lernen und noch mehr können? Beispielsweise nicht nur reden oder schwimmen oder gehen, sondern mal was ganz Neues, etwas Unvorstellbares, wie – ich fantasiere einmal wild – wie fliegen?

Und werden sie irgendwann, ganz unheimlich langsam zwar, aber dennoch über die Zeit hinweg alt werden und wieder sterben und wieder aufwachen, in einer noch viel größeren Welt, in einem noch größeren Bauch?

Das Blinzeln

Von dem vielen Denken kann einem ganz schön schummrig werden. Ich lebe in einem *Übi*, die *Übis* leben in einem *Urübi*, die *Urübis* leben in einem *Superübi*, die *Superübis* in…? Werde ich kleines Menschlein in meinem nächsten Leben *Übi*, im übernächsten *Urübi*, im überübernächsten *Superübi* sein? Und warum? Zu welchem Zweck? War meine *Erdmu* somit auch einmal ein klitzekleiner homo sapiens gewesen? In diesem Fall wären die *Übis* also nichts weiter als Abgenabelte. Doch wie viele Welten und Dimensionen müsste der Mensch dann überhaupt durchliegen, durchlaufen, durchfliegen, und was erwartet ihn ganz zum Schluss?

Manchmal frage ich mich wirklich, ob dieser anhaltende Kopfstand auf Dauer gesund ist.

Eventuell sollte ich die ganze Das-Leben-Danach-Angelegenheit lieber doch mal mit einem Geist-Seele-Szenario durchspielen. Oder vielleicht sollte ich es besser ganz bleiben lassen und sollte einfach nur da sein, nur den Augenblick genießen, ohne groß darüber nachzusinnen, was nun im nächsten Leben sein könnte und was nicht. Denn bringen tut mir diese ganze Gedankenakrobatik, diese mentalen Saltos nichts und endgültig wissen werde ich es erst, wenn es für mich hier zu spät ist.

Freilich, es ist leichter gesagt als getan – im Augenblick zu weilen – vor allem, wenn man, wie ich nun, in einer so kleinen und engen Welt haust und völlig invalide geworden ist. Das macht keinen Spaß mehr. Altwerden ist nichts für Feiglinge! Wenn du gezwungenermaßen Tag und Nacht auf dem Kopf „stehen" musst und nichts weiter mehr zu tun hast oder selbst, wenn es noch etwas zu tun gäbe, es aufgrund der ganzen Behinderungen nicht mehr könntest. Da würde sicherlich auch einem Anderen nichts mehr anderes übrigbleiben als den Weg ins Innere anzutreten, in sich zu gehen, nachzudenken, sich den Kopf zu zerbrechen.

Dabei wäre dies eigentlich der perfekte Zeitpunkt, um im Jetzt zu weilen, so gänzlich ohne andere Verpflichtungen. Ich habe dies einmal eine ganze Weile angestrengt versucht. Im Augenblick zu leben, meine ich; in einem und in einem weiteren und noch einen und so fort. Aber ich fange doch irgendwann immer wieder zu denken an, verfolge mit einem Mal ein Hirngespinst oder eine super Idee und vergesse daraufhin von einem Moment auf den anderen, was ich ursprünglich eigentlich wollte.

Vor kurzem hatte ich allerdings, wie ich zuerst dachte, einen genialen Einfall. Ich ließ darauf die Augenblicke in Folge immer kürzer werden, in der Hoffnung, dass ich dann gar keine Zeit mehr haben würde, auf dumme Gedanken zu kommen, wäre der einzelne von ihnen nur kurz genug sein. Doch das Einzige, was ich dabei gelernt habe, ist das Blinzeln.

***

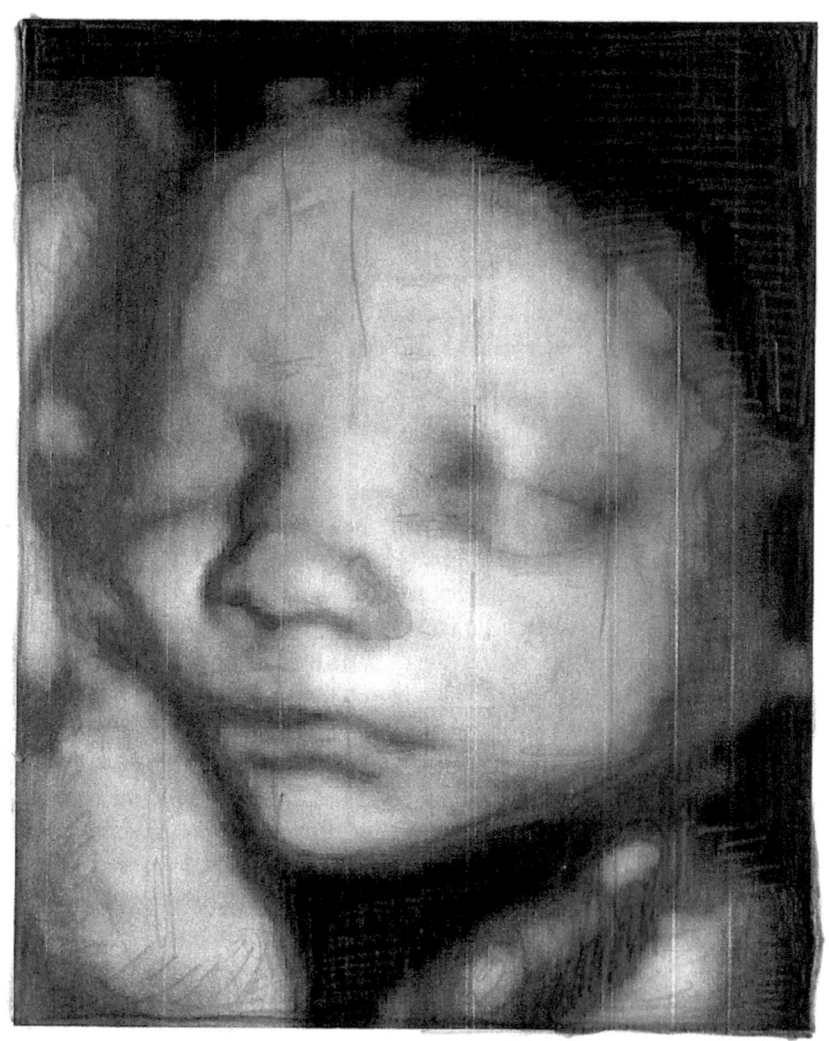

9

Auf dem Kopf stehen

Inzwischen bin ich mehr als alt. Du darfst jetzt also durchaus von einem greisen Opa, von einem alten Knacker sprechen, der unbeweglich, steif, verkalkt und verwirrt geworden ist. Deshalb ist es eine gute Idee, diese Memos nun langsam aber sicher und mit Anstand zu Ende zu bringen. Im Groben habe ich dir auch über alles Wichtige in meinem Leben berichtet. Es gäbe zwar noch viel zu berichten, noch so einiges zu erzählen, doch dazu tut mir der Schädel inzwischen viel zu weh.

Nicht nur vom Nachdenken. Es liegt vor allem an der blöden Position, in der ich mich nun tagein, tagaus befinde. Obwohl bei Weitem noch die angenehmste Haltung, ist dieser verzwickte Kopfstand auf Dauer kaum zum Aushalten. Außerdem kann ich mich heute fast nicht mehr rühren. Es bedürfte jetzt schon nahezu übermenschlicher Anstrengung, um aus der momentanen, recht kniffligen Lage noch irgendwie herauszukommen. Würde nicht dieser andauernde Druck auf meinem Schädel lasten, ginge es sicherlich noch ein Weilchen, aber mir scheint nun nicht nur mein gesamtes Körpergewicht auf meinem werten Haupt zu ruhen, sondern ich habe zunehmend das Gefühl, die ganze Welt lastet auf mir und drückt mich mit ihrem Gewicht nach unten. Ich fürchte, wenn das in der Art so weitergeht, dürfte es um mein armes Köpfchen schlecht bestellt sein. Es könnte schon recht bald seine rundliche Form verlieren und immer mehr abflachen, bis es auf Dauer einem meiner Handteller gleicht.

Auch die Erddrücker kommen nun immer häufiger und schieben und bugsieren mich immer in dieselbe Richtung. Kurz zwar und ohne arge Gewalt, eher wie eine kleine Ganzkörpermassage und deshalb nicht unbedingt unangenehm, aber es ist halt ständig nur die eine Richtung, in die ich massiert und gepresst werde.

Ich kann mir nicht helfen, das Geknete macht mich ein wenig nervös. Da frage ich mich bei jedem Drücker wieder, ob ich vielleicht nicht doch nur ein Stück gewalktes Ego in irgendeinem Bauch bin und deshalb mein Dasein hier vollkommen sinnlos war. Je älter ich geworden bin, desto mehr habe ich mich mit der Philosophie, der Welt der *Übis*, der Frage des Seins beschäftigt. All das Nachdenken, all das Spekulieren wären dann allerdings nur die Hirngespinste eines Stückes Knetmasse gewesen, eines alten Stückes Knetmasse mit großen Allüren.

Der Kreis schließt sich

Das Gefühl, es könne nicht mehr lange so weitergehen, begleitet mich heute nun fast ständig. Endgültig vorbei scheinen die Tage des unbeschwerten Seins, vergessen sind die Zeiten, an denen ich mich elegant von einer zur anderen Seite meiner Welt geschwungen habe.

Die verzwickte Migräne und der anhaltende Druck machen mir zu schaffen. Langsam reift in mir der Entschluss, dass ich genug habe; genug von dem Dasein hier, genug vom Menschsein, wie ich es kannte. Mühsam ist das geworden, was einmal leicht und spielerisch war. Offensichtlich hat mein Leben in seinem Verlauf einen Kreis gezogen und nähert sich nun wieder dem Ausgangspunkt. Denn war ich nicht als junger Mensch genauso hilflos, wie ich es jetzt im hohen Alter bin? Ist nicht meine Haut nahezu wieder so unbehaart wie in meinen Kindheitstagen? Aber ich glaube, das habe ich schon mal gesagt. Ja, bin ich heute nicht wieder so verwirrt wie ganz zu Beginn? In vieler Hinsicht gleichen sich Anfang und Ende. Ich wiederhole mich, ich weiß, aber der Kreis hat sich fast geschlossen …

Der Platz in Mutters Bauch ist klein geworden. Es wird Zeit zu gehen. Ich spüre es. Es steckt tief in meinen Gliedern, dieses Gefühl, dass wir reif sind, die Zeit und ich. Ich gehe dem Ende zu, dem Ende meiner Existenz hier. Dies scheint unausweichlich. Es gibt nichts, was ich dagegen tun könnte und der letzte Tag kommt unerbittlich näher. Niemand scheint ihm je entkommen zu sein.

„Gehen" ist in diesem Fall natürlich nicht sprichwörtlich gemeint, sondern ein bildhafter Begriff. Keiner geht, wenn die Zeit wirklich gekommen ist. Du hängst herum, du liegst oder so, aber mit Sicherheit gehst du nicht. Was ich damit zum Ausdruck bringen will: es ist ein Zustand des Reisens, bei dem du weggehst, dich wegbewegst von all dem, was du gewohnt bist, von all dem, was dir lieb geworden ist, und du plötzlich mit dem Neuen und Unbekannten konfrontiert wirst.

Sterben wird es auch genannt. Das Ende des Daseins hier.

Keiner weiß, was danach kommt, ob überhaupt etwas kommt und falls, wie es dann aussehen wird. Werde ich noch Ich sein? Werde ich mich erinnern können an die Zeit hier? Die schönen und die schlechten Tage? An die kleinen und großen Freuden, an meine Ängste und Sorgen? Es gibt so viele Fragen, so viele unbekannte Gleichungen. Das Ganze könnte ein nettes, kleines, theoretisches Problem sein. Es ist es dann genau eben das aber nicht. Denn es wird mich höchstpersönlich treffen.

Habe ich Angst vor diesem Ende?

Natürlich, dies hat ja wohl ein jeder.

Meine Mutter ist mir lieb geworden.

In ihr habe ich ein Leben verbracht, hier bin ich aufgewachsen, habe geschlafen und gelacht, habe mich gestreckt und gereckt und bin viel geschwommen.

Würde ich bleiben wollen, wenn ich könnte, wenn ich dürfte? Endlos leben im Hier? Ich weiß es nicht. Meine Instinkte geben mir gemischte Signale. Da ist natürlich dieser Überlebenstrieb, der sagt, nein, schreit: Ja, ja, natürlich willst du leben, hier leben, am Leben bleiben, natürlich soll alles so weitergehen, wie es war, wie es ist.

Und dann gibt es noch ein unerklärliches Regen, ein Streben tief in mir, welches mir zuflüstert, ich soll es doch bleiben lassen, es gut sein lassen, möge mich nicht weiter wehren gegen das Unausweichliche, soll es einfach zulassen, es geschehen lassen. Es sei schon richtig, es sei gut so.

Als ob es einen größeren Plan gäbe, den ich nicht recht kapiere, den ein Teil meines Körpers nicht versteht, von dem aber ein anderer eine Art von Ahnung zu haben scheint. So als wäre tief in mir etwas verschütt gegangen, das mehr über mich weiß, als ich selbst. Und dennoch komm ich nicht richtig an es heran.

Diese Regungen in mir sind im Widerstreit, sie bekämpfen sich und sie bewirken Verwirrung und inneren Konflikt.

Nur, was kann ich dagegen tun?

Und obwohl ich jetzt schon ein recht alter Sack bin, aus biologischer Sicht eigentlich mehr als das, ja, fast überfällig, bin ich doch nur ein kleiner Wicht, der nicht viel weiß. Aber wer kann schon wirklich sagen, was außerhalb seiner Welt, außerhalb seines Universums, so alles passiert?

Ich sicherlich nicht!

Und natürlich hat sich vieles in meinem Leben verändert.

Ich und Mutter, wir sind nicht mehr das, was wir einmal waren. Ehrlich gesagt bin ich mir gar nicht sicher, ob ich noch hier bleiben will. Eine Menge ist anders geworden seit der Zeit meiner Jugend, den Tagen meiner frühen Existenz.

Gemeinsam auf zu neuen Ufern

Nicht nur der fette Wicht scheint genug zu haben. Mein Bauchgefühl sagt mir, dass sogar Mutter in letzter Zeit ganz ähnliche Gedanken hegt. Selbst ihr reicht es offenbar, auch sie fühlt sich reif an, reif für eine Veränderung.

Wir, Mutter und ich, steuern somit auf etwas ganz Neues zu. Es beruhigt mich zu wissen, dass wir das gemeinsam durchstehen. Das nimmt mir die gröbste Angst.

Schön wäre, wenn ich mit meiner BIG-BANG-Theorie nicht Recht behalten würde. Überhaupt wäre es angenehmer, wenn nicht der Wissenschaftler und Skeptiker, sondern der Gläubige in mir das letzte Wort behalten dürfte.

Ich wünschte mir, Mutter eines Tages einmal von außen zu sehen. Könnte ich dann zusätzlich noch mit ihr reden, ich würde ihr sagen, wie wohl und geborgen ich mich hier in ihr gefühlt habe – nicht immer, doch die meiste Zeit. Wie viel ich gelernt habe, wie schön es war. Zudem würde ich ihr versichern, dass ich nie wirklich versucht habe, mir die Erde untertan zu machen, ganz im Gegenteil, sie war mir heilig, und nie bin ich ohne gewichtigen Grund auf ihr herumgetrampelt.

Zudem würde ich ihr meinen Dank ausdrücken wollen; dafür, dass sie sich um mich gesorgt und mich genährt hat, und ich groß werden durfte in ihr. Nicht alles Übel hat sie von mir fernhalten können oder wollen. Meine Kinderkrankheit, an der ich fast gestorben wäre oder die Sache mit dem unmenschlichen Finger des *Übi* sind Beispiele dafür. Doch vielleicht ist es ja manchmal ganz gut, etwas Schlechtes und Negatives durchzumachen. Denn nur auf diese Weise lernst du im Leben wirklich etwas dazu. Mir geht das auf jeden Fall so. Fühle ich mich gut, verändere ich ganz sicher erst mal nichts an dem Zustand. Warum sollte ich auch? Der homo sapiens ist meines Erachtens ein tendenziös faules Wesen. Warum sollte ich mich furchtbar anstrengen und mühen, solange es mir gut geht? Viel klüger scheint es, mit dem geringsten Aufwand einen maximalen Effekt zu erzielen. Das ist nicht nur ökonomisch und aus biologischer Sicht heraus eine feine Sache, es macht ganz generell Sinn. Außer wenn etwas richtig Spaß macht! Da kannst du dann schon mal dein Bestes geben und über die Stränge schlagen, über die Nabelschnur hüpfen. Weil du hoch motiviert und enthusiastisch bist.

Ähnliches gilt für eine Krise. Auch hier strengst du dich an. Weil du aus dem Tief, aus dem Loch gerne wieder heil herauskommen möchtest. Ist eine solche Widrigkeit allerdings erst einmal überwunden, hast du im Leben wirklich etwas dazugelernt, bist ein wenig schlauer geworden, ein klein wenig weiser.

Ganz generell jedoch fühlte ich mich in Mutter mein ganzes Leben lang sicher und gut aufgehoben. Sie gab mir das Gefühl, akzeptiert zu sein. Dieses Gewolltsein, diese Geborgen- und diese

Sicherheit sind der Grund für meinen nachhaltig positiven Ausblick aufs Dasein. Sie schürten meine Neugierde und gaben mir inneren Halt. Den Halt, sogar über den Tod zu reflektieren. Sie machten aus mir einen optimistisch veranlagten Realisten, der seiner Existenz meist eine positive Seite abgewinnen konnte. Ja, und nicht nur dem Leben hier, sondern selbst dem Tod und einem möglichen Leben danach.

Es ist soweit

Es wird allerhöchste Zeit Schluss zu machen. Vor kurzem hat eine neue Serie von Erddrückern eingesetzt und diese sind nun wirklich ernstzunehmende Ereignisse. Die bisherigen Kompressionen waren dagegen echt harmloser Natur. Bei der neuen Form handelt es sich nicht mehr um ein kleines, spielerisches Pressen, das dann gleich wieder nachlässt, sondern jetzt quetscht Mutter ernsthaft an mir herum. Die Richtung bleibt weiterhin dieselbe und so bohrt sich mein Kopf tiefer denn je zuvor in die Seite meiner Welt, die bisher am häufigsten nach unten gezeigt hat. Über meinem Schädel fühlt sich der Erdboden nun zum Zerreißen gespannt an...

ohhhhhhhhoho da kommt schon wieder ein Drücker
...
beim *Übi*, war der gerade eben stark ... Mutter hält mich wie in einer Faust ... sie bearbeitet mich wie ein riesiges Stück Knetmasse ... hatte vielleicht doch der Wissenschaftler recht?
...
das scheint mir der Anfang vom Ende ... jetzt passiert etwas, was sich gänzlich meiner Kontrolle entzieht ... ich spüre tief in mir, dass meine Zeit gekommen ist, es bald mit mir aus ist ... das Sterben, es beginnt
...
bisher fühle ich noch nicht die Panik, die ich aus meiner Kindheit kannte, bis jetzt bin ich seltsam ruhig ... nicht, dass ich überhaupt

keine Angst habe, doch irgendwie scheint es gut so, scheint das, was gerade passiert, richtig

...

es könnte dieser massive Druck sein, dem mein Kopf nun ausgesetzt sind, aber mit einem Mal werde ich ungeheuerlich vergesslich, es fällt mir immer schwerer, mich zu konzentrieren, mich an das zu erinnern, was ich gerade eben noch sagen oder tun wollte ... selbst das Vergangene scheint plötzlich wie weggewischt ... „*dementia senilis*" setzt ein, in meinen allerletzten momenten überkommt mich die alterssenilität, der altzzi... vielleicht ist das aber ja ein segen

...

ohhhlala, das war ein starker!

...

auch in meiner frühen kindheit konnte ich mich an nichts erinnern ... da lebte ich im augenblick

...

nein, damals konnte ich ja noch gar nicht aus den augen schauen ... da lebte ich einfach nur ... heute, jetzt, wo ich wieder alles vergesse, geht es mir wie in meiner jugend ... wieder lebe ich einfach nur, nun aber wahrhaftig im „augenblick"... das, was ich die ganze zeit versucht habe, kommt plötzlich von ganz allein ... ich muss mich überhaupt nicht mehr bemühen

...

der kreis schließt sich

...

wo war ich? ach, meine memos ... die sind ja jetzt wohl eher hinfällig ... nichts scheine ich am ende von hier mitnehmen zu dürfen, sogar meine erinnerungen muss ich offensichtlich zurücklassen

...

ohhhhhhhhoho, wieder einer

...

wie war mein leben? ... ich glaube, es war ganz schön

...

101

furchtbar groß ward ich geworden ... so riesig. unglaublich, wie
eng das nun alles ist ... war das immer so? ich habe doch mal
saltos gemacht

...

eventuell ist es ganz gut, wenn keiner meine memos kennenlernt
... peinlich, das ende ist peinlich ... ich bin anscheinend doch nur
ein stück knetmasse mit großen allüren

...

immer weiter werde ich runter-, immer weiter vorgeschoben ...
was für ein druck! wie lange kann das in der art weitergehen? wie
lange werden wir das noch aushalten, mutter und ich?

...

AUA, beim *übi*, bitte quetsche doch nicht so an mir herum!

...

wenigstens gibt es immer mal wieder kleine pausen zwischen
diesen anfällen ... dann lässt der druck wieder für ein weilchen
nach

...

was wird die zukunft bringen? viele farben, neue geschmäcker,
wesen ungeahnter art? werden dort andere menschen sein? werde
ich in den himmel kommen und mit den göttern leben?

...

ich denke ja immer noch ...
hoffentlich ist es da draußen nicht zu kalt, zu grell

...

ohhhh ahhh!

...

himmel nochmal, lass das hier an mir vorübergehen! bitte, lass es
an mir vorbeigehen ... das ist kaum mehr zum aushalten

...

die erde brüllt

...

wieder werde ich wie wahnsinnig gedrückt ... jetzt bricht
irgendetwas unter meinem kopf ... *erdmu* reißt unter dem druck
auf ... oh nein: der BIG BANG, ich glaube, er kommt ... ich
kneife nun besser die augen zu; jetzt ist es aus

...

es scheint doch keine explosion stattgefunden zu haben ... noch
bin ich da ... also doch kein urknall ... hat etwa vielleicht doch der
gläubige recht?

...

aber irgendetwas ist passiert ... das element, in dem ich groß
geworden bin, die flüssigkeit, in der ich mein ganzes leben
geschwommen bin, meine ursuppe, sie fließt ab ... die erde,
mutter, sie muss aufgeplatzt sein ... ich kann es rauschen hören,
rutsche ein gutes stück weiter runter und für einen fliehenden
moment nimmt der druck ein wenig ab

...

AUA, jetzt ist er wieder da
und lässt mich nicht mehr los

...

das ist das ende

...

erdmu brüllt

...

so bekomme ich es doch noch mit der angst zu tun

...

ich vergehe ... ich will hierbleiben ... bitte lieber gott, lass mich
noch ein weilchen bleiben ... ich möchte nicht sterben ... ich
möchte nicht gehen

...

doch ich kann nicht mehr zurück ... es geht nur noch weiter ...
vorwärts! mein kopf ist eingeklemmt ... ich stecke fest, stecke in
einer art röhre ... da muss ich jetzt durch

...

ich sterbe

...

mutter brüllt

...

ich vergesse

...

wer, wo bin ich?

...
d a

.
.
.

                a
              m e
        n d   e d
    e s t   u n n
    e l s   s e h
        e i   c h
            e i
            n
        l i c h t

***

Das Ende (*vor dem Neuanfang*)

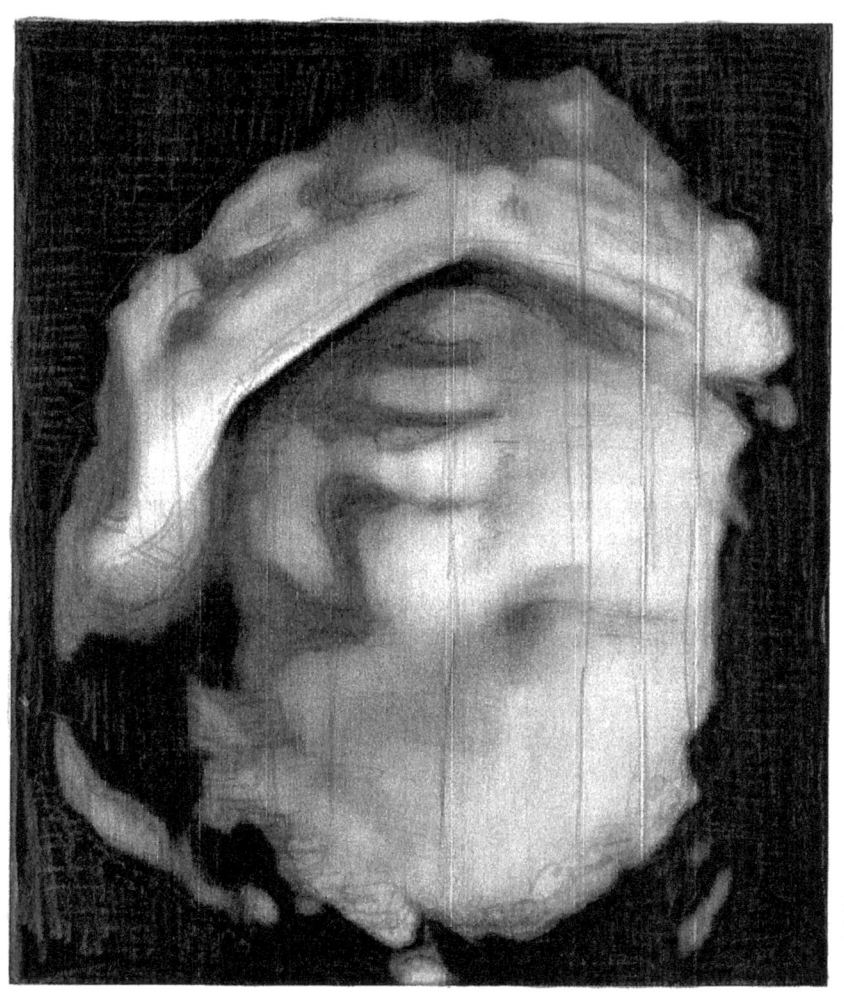

Die biologische Entwicklung des Unbekannten

*Der Mutterleib ist seine „erste Welt". Die Art wie er diese erlebt, prägt
dann das Leben in seiner nächsten, also unserer Welt.*

...

*Wie wir geboren werden, beeinflusst möglicherweise die Art und Weise, wie
wir sterben.*

Dr. Thomas Verny *The Secret Life of the Unborn Child*

I

1

wo1 Reifung der Mutterzelle

wo2 Sprung und Wanderung der Mutterzelle

wo3 Befruchtung mit der Vaterzelle; Einnistung und beginnende Zellteilung

wo4 weitere Zellteilung; Größe: 0,2 mm

2

wo5 es kommt zu einem röhrenförmigen Wachstum; Kopf und Schwanz werden sichtbar; Herz und Gefäßsystem beginnen sich zu bilden

wo6 unser Unbekannter schaut einer Kaulquappe ähnlich, dessen Schwanz dann schrumpft und später zum Steißbein wird; Verdauungstrakt, Blase und Lungen beginnen sich zu bilden; das noch unfertige Herz fängt an Blut zu pumpen; kleine Ausstülpungen für die Arme werden sichtbar

wo7 erste Ansätze der späteren Beine sind zu sehen; die Nieren formen sich und beginnen das Blut zu filtern; die Lungen entwickeln sich weiter

wo8 der Kopf wird immer größer; die Ohrmuscheln formen sich; die winzigen Hände besitzen anfangs Schwimmhäute

wo9 der Körper wird länger, die Augenlider werden sichtbar, die inneren Sexualorgane entwickeln sich; das Ungeborene beginnt sich zu bewegen und besitzt bald ein komplexes Repertoire an Reflexen; seine Hände und Füße bilden sich aus; Gewicht 0,5 g; Größe: 1,5 cm

3

wo10 die meisten Organe sind nun vorhanden, doch nur wenige funktionieren schon; Nase und Tränengänge bilden sich; die Gliedmaßen werden länger; der Kleine verliert die Schwimmhäute zwischen seinen Fingern und Zehen; er kann nun Arme, Beine und

Rumpf bewegen und besitzt bald eine Art einfacher Körperspra-
che; dabei drückt er Vorlieben und Abneigungen durch Schläge
und Tritte aus; Gewicht: 8 g; Größe: 3,5 cm

wo11 das Herz ist jetzt vollkommen ausgebildet, das Hörorgan
beinahe fertig; unser kleiner Unbekannter schaut schon richtig
human aus; Gewicht: 10 g; Größe: 4,5 cm

wo12 sein Gesicht trägt schon deutlich menschliche Züge; in den
Kiefern bilden sich Ansätze für 20 Zähne; verstärktes Muskelwachstum führt nun zu gesteigerter Aktivität; die Fruchtblase ist
für ihn noch riesig; der Kleine kann umherschwimmen, ohne an
den Wänden anzustoßen; Gewicht: 18 g; Größe: 6 cm

wo13 die Ohren sind nun voll entwickelt, nur hören kann er noch
nicht; Lunge, Leber, Nieren und der Verdauungstrakt reifen; die
ersten Reflexe für Saugen, Atmen und Schlucken haben eingesetzt;
der Körper ist jetzt vollständig geformt; erste Fluchtreaktionen
treten auf: wird die Fruchtblase beispielsweise an einer Seite eingedrückt, flutscht er auf die andere; die Übelkeit der Mutter beginnt
langsam abzuklingen; *Hyperemesis gravidarum*, das Schwangerschafts-
erbrechen führt in seiner schlimmsten Form zur *Dehydration*
(Austrocknung) und damit zu lebensgefährlichen Zuständen für
das Ungeborene; ein Krankenhausaufenthalt und Infusionen sind
dann oftmals unumgänglich; Gewicht: 30 g; Größe: 7,5 cm

II

4

wo14 es bilden sich die Knochen in seinen Armen und Beinen,
ganz allmählich entwickelt sich das Skelett; das Geschlecht wird
erkennbar; Gewicht: 45 g; Größe: 8,5 cm

wo15 üblicherweise der Zeitpunkt für die Fruchtwasserunter-
suchung; die Fingernägel entstehen; klare Gesichtszüge werden erkennbar; unser Unbekannter beginnt mit dem Daumenlutschen;
seine Haut ist noch extrem dünn; erste koordinierte Bewegungs-
muster setzen ein; Gewicht: 80 g; Größe: 9,5 cm

wo16   das „*Lanugo*"-Haar wächst, vermutlich als Wärmeschutz; alle Gelenke arbeiten, Finger und Zehen sowie Fingernägel werden geformt; Gewicht: 110 g; Größe: 11,5 cm

wo17   die Sexualorgane sind nun voll entwickelt, seine Nieren produzieren Urin, der Kleine lässt etwa alle 45 min Wasser und schluckt dann den eigenen Urin zusammen mit dem Fruchtwasser; Gewicht: 150 g; Größe: 13 cm

5

wo18   seine Gesichtsmimik setzt ein, unser Ungeborenes runzelt nun die Stirn, verzieht das Gesicht und schneidet Grimassen; ab jetzt kann man beobachten, wie er zahnlos an seinen Fingern knabbert; er ist nun sehr aktiv; seine Geschmacksnerven entstehen; Gewicht: 180 g; Größe: 14 cm

wo19   sein Muskelwachstum ist genug fortgeschritten, um Saltos zu drehen und an der Nabelschnur zu schwingen; Fetteinlagerungen dienen zunehmend als Wärmeschutz; Gewicht: 260 g; Größe: 15 cm

wo20   weiterhin verstärktes Muskelwachstum; Talgdrüsen produzieren die „*Käseschmiere*", eine Art Schutz- und Taucheranzug; Gewicht: 320 g; Größe: 16 cm

wo21   seine Augenlider sind zwar noch geschlossen, doch er kann jetzt hören und Geräusche von innerhalb und außerhalb der Fruchtblase wahrnehmen; das Gehirn entwickelt sich rasant, seine Oberfläche ist aber noch glatt; Gewicht: 390 g; Größe: 18 cm

wo22   es besteht volle Saltoaktivität; das Innenohr ist nun gänzlich entwickelt, der Gleichgewichtssinn funktioniert; die Augenbrauen und das Kopfhaar wachsen; in den Lungen wird „*surfactant*" gebildet, das später für die Atemtätigkeit gebraucht wird; Gewicht: 460 g; Größe: 19 cm

6

wo23   schnelles Wachstum der Haut; auch Körper und Gehirn nehmen weiterhin rasant an Masse zu; unser Kleiner beginnt zu denken, und er fängt an, sich erinnern zu können; Gewicht: 540 g; Größe: 20 cm

wo24 er ist nun vollständig entwickelt, könnte eigentlich schon überleben und soll in etwa schon so sensibel wie ein Einjähriger sein; Gewicht: 630 g; Größe: 21cm

wo25 ein Schlafrhythmus entsteht; häufig ist er wach, wenn die Mutter schläft; laute Musik lässt ihn aufschrecken; er reagiert auf Töne, Melodien und Vibrationen; z.B. mit Tritten, wenn die Mutter tanzt; Gewicht: 720 g; Größe: 22,5 cm

wo26 er zeigt erste Anzeichen von Intelligenz, man vermutet die Entstehung des Ego; durch die noch geschlossenen Augenlider sieht er jetzt Licht; er kann zudem riechen und hören; er erkennt verschiedene Stimmen, unterscheidet schon recht exakt die verschiedenen mütterlichen Gefühle und reagiert entsprechend auf sie; Gewicht: 820 g; Größe: 23 cm

III

7

wo27 langsam wird es eng und somit dauert es seine Zeit, bis unser Unbekannter sich herumdrehen kann; er macht die ersten Atemübungen, anfangs noch unregelmäßig, mit der Zeit immer rhythmischer; sein Gehirn legt sich in Falten; nun zeigt er deutliche Zeichen von Intelligenz; Gewicht: 920 g; Größe: 24 cm

wo28 ein ungewohnter Schluckauf tritt auf; vorwiegend dann, wenn die Mutter pausiert oder schläft; die Augen sind halb offen; er ist jetzt von Kopf bis Fuß in Käseschmiere eingehüllt; Gewicht: 1 kg; Größe: 25 cm

wo29 seine Mutter tut sich ab jetzt schwer, auf dem Rücken zu liegen, denn dies drückt die Zufuhr von Blut zur Plazenta ab und bereitet ihr Schwindelgefühle; unser Unbekannter schaut jetzt schon richtig babyartig aus; Gewicht: 1150 g; Größe: 26 cm

wo30 die ersten „*Braxton Hicks*"-Übungswehen treten auf; der Kleine nimmt rasch an Gewicht und Fettmasse zu; seine runzelige Haut wird straffer; das Lanugohaar fällt aus; die Augen sind jetzt ganz offen; der Schluckauf wird heftiger; Gewicht: 1300 g; Größe: 27 cm

wo31 er blinzelt, wenn Licht auf den Bauch der Mutter scheint; von nun an lässt sich jede Menge Hirnaktivität registrieren; das Bewusstsein soll entstehen; er testet die ersten eigenen Ideen, komplexe Gedankenmuster setzen ein; seine Wach- und Schlafphasen stehen meist im umgekehrten Rhythmus zur Mutter; Gewicht: 1,5 kg, Größe: 28 cm

8

wo32 seine Lungen sind fast vollständig ausgebildet; unser Kleiner wird dicker, wirkt aber weiterhin arg leptosom; seine Lage ist nun meist invers, also mit dem Kopf nach unten; er hat die Augen offen und kann sehen; anfangs schielt er allerdings noch; Gewicht: 1700 g; Größe: 28 cm

wo33 jetzt kann er die eigenen Beine und die Nabelschnur klar erkennen; Gewicht: 1900 g; Größe: 29 cm

wo34 der Ungeborene übt sich im Saugen, Atmen und Blinzeln; er dreht den Kopf, fasst Gegenstände wie die andere Hand oder die Nabelschnur an; da immer weniger Raum vorhanden ist, versucht er die Beine zu strecken, was seine Mutter deutlich fühlt; seine Haut wird glatter, weniger durchsichtig und rosiger; Gewicht: 2 kg, Größe: 30 cm

wo35 die Zehennägel werden geformt; die Fingernägel wachsen und gehörten eigentlich schon mal geschnitten; der Kleine kann sich damit kratzen, Gewicht: 2300 g; Größe: 30,5 cm

9

wo36 nun hat er schon etwas Babyspeck auf den Rippen, dreht sich vollends in die Kopflage und stößt mit dem Scheitel an Pelvis und Muttermund; die Mutter spürt ab jetzt jede seiner Bewegungen; Gewicht: 2500 g; Größe: 32 cm

wo37 unser Kleiner befindet sich von nun an in Warteposition, besitzt einen festen Handgriff und kräftigen Durst; er schluckt bis zu 750 ml Fruchtwasser pro Tag; Gewicht: 2700 g; Größe: 33 cm

wo38 seine Zeit ist nahezu reif; die Entwicklung ist vollständig, das Lanugohaar fast gänzlich ausgefallen; er ist immer noch in Käseschmiere eingehüllt und sein Aussehen wird zunehmend rundlicher; der Darm ist nun voll von hartem, grün-schwarzem

Zeug aus Schleimhautresten und Galle, dem Kindspech oder „Mekonium"; zwar versucht der Kleine sich zu bewegen, doch kommt er nun nicht mehr weit; Gewicht: 2900 g; Größe: 34 cm

wo39 der Muttermund wird jetzt weich und dünn, die Übungswehen treten immer häufiger auf; seine Genitalien sind durch die Hormone übergroß geworden; das Wachstum stagniert von nun an; Gewicht: 3,2 kg; Größe: 35cm

wo40 „It's showtime!" Unser Süßer ist rund und rosig und etwa 200-mal größer als am Ende des ersten Trimesters; das Hormon *Oxytocin*, welches die Wehen einleitet, führt gleichzeitig zu einer Art Amnesie; aus diesem Grund können sich beide, Mutter und Kind, in der Regel nur schemenhaft an das großartige Ereignis erinnern; er „tritt" durch eine Art Tunnel hinaus ans Licht; Gewicht: 3,5 kg; Größe: 36 cm

Die 9 mit Kohle und Bleistift erarbeiteten Abbildungen zeigen unseren fiktiven Erzähler in seinen verschiedenen Entwicklungsstadien. Als Vorlage dienten dafür reale Aufnahmen anderer Unbekannter.

Vom selben Autor

bei homeodoc
in Buchform:
Nelly – Liebe eines Schwindsüchtigen
als Sachbuch:
Homöopahie ab 50
Homöopathie in der Schwangerschaft und Babyzeit (ab 2020)
als eBook:
Homöopathie – der große Ratgeber
Homöopathie- Selbsthilfe mit 30 Mitteln
Homöopathie für Kinder
Homöopahie ab 50
Homöopathie in der Schwangerschaft und Babyzeit
Homöopathie auf Reisen
Homöopathie für Seele und Wohlbefinden

bei Reclam:
Homöopathie – 100 Seiten

bei GU (Auswahl):
Kompass Homöopathie
Kompass Homöopathie für Kinder
Großer Kompass Homöopathie
Großer Kompass Homöopathie für Kinder
Homöopathie – das Basisbuch
Die magische 11 der Homöopathie (mit Katrin Reichelt)
Die magische 11 der Homöopathie für Kinder (mit Katrin Reichelt)
Globuli statt Pillen
Homöopathie – Heilen mit der Kraft der Natur

bei Mankau:
Homöopathische Haus- und Reiseapotheke (mit Dr.Werner Dunau)
Homöopathie – warum und wie sie wirkt

bei Random House:
The little Book of Homeopathy
The little Book of Bach Flower Remedies

bei rockdogs:
IBIZA Rock Climbing von R. Klingner (als Übersetzer)

Suchen Sie jetzt vielleicht homöopathischen Rat für den Beginn der ersten Lebenshälfte oder gar die Zeit davor?

Sanfte Hilfe für werdende Mütter
Umfassend: Zuverlässige und schnelle Hilfe bei Beschwerden während Schwangerschaft und Stillzeit
Sicher: garantiert nebenwirkungsfrei durch spezifische Dosierungen und Potenzen
Extra: die wichtigsten Mittel für das Neugeborene

Rezensionen: *„Ein toller Leitfaden" „Unverzichtbar in der Schwangerschaft"*

Sven Sommer, Homöopathie in der Schwangerschaft und Babyzeit, Ratgeber, momentan nur als eBook erhältlich, €5.99

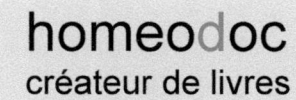

Oder ist Ihnen jetzt leicht mulmig geworden und Sie suchen eher homöopathischen Rat für die zweite Lebenshälfte?

Gesund und fit in der 2. Lebenshälfte
Spezifische Beschwerden ab 50 sanft und effektiv selbst behandeln
Kompetent: genau zugeschnitten für Menschen ab 50
Ergänzend: zur konventionellen medizinischen Behandlung
Vorbeugend: schnelle Übersicht der wichtigsten Symptome
Mit vielen Tipps aus der Naturheilkunde

Rezensionen: *„Eins der besten Bücher von Sven Sommer." „Top!"*

Sven Sommer, Homöopathie ab 50,
Ratgeber, 192 Seiten, broschiert €16.80 (auch als eBook erhältlich, €4.99)

Sven Sommer

Bei *Nelly – Liebe eines Schwindsüchtigen* handelt es sich um eine Liebesgeschichte, die im Zentrum Europas spielt. Sie wechselt zwischen den massiven politischen Ereignissen in der Mitte des letzten Jahrhunderts, die damals Land und Leute überrollten, und intimen Details aus dem täglichen Leben der Romanfiguren. Sie schildert das Schicksal einer Familie.

„Ich war schwer beeindruckt von der Leistung." Patrick Süskind

Sven Sommer, Nelly – Liebe eines Schwindsüchtigen,
Roman, 236 Seiten, €12,99